Une alliance pour Flora

KIM LAWRENCE

Une alliance pour Flora

Traduction française de
CÉLIA VAL

AZUR

HARLEQUIN

Collection : Azur

Ce roman a déjà été publié en 2019

Titre original :
A WEDDING AT THE ITALIAN'S DEMAND

HARPERCOLLINS FRANCE
83-85, boulevard Vincent-Auriol, 75646 PARIS CEDEX 13
Service Clients — https://www.harlequin.fr/contenu/contactez-nous
ISBN 978-2-2805-1621-1 — ISSN 0993-4448

Édité par HarperCollins France.
Composition et mise en pages Nord Compo.
Imprimé en mars 2025 par CPI Black Print (Barcelone)
en utilisant 100% d'électricité renouvelable.
Dépôt légal : avril 2025.

FSC
www.fsc.org
MIXTE
Papier issu de sources responsables
FSC® C159065

Pour limiter l'empreinte environnementale de ses livres, HarperCollins France s'engage à n'utiliser que du papier fabriqué à partir de bois provenant de forêts gérées durablement et de manière responsable.

1

Le vaste corridor que traversait Ivo Greco baignait dans la pénombre, mais les tapisseries sans prix qui couvraient les hauts murs de pierre brillaient d'un éclat particulier. Il marcha vers les doubles portes vitrées qui permettaient de fermer le corridor et restaient closes en permanence pour préserver du soleil les précieuses œuvres Renaissance et leur garder un taux d'humidité constant.

Le verre donnait l'impression salvatrice d'une lumière au bout d'un tunnel, mais il ne s'agissait que d'une illusion : Ivo ne s'attendait à découvrir aucun paradis une fois le seuil franchi. Les portes donnaient sur les appartements privés de son grand-père, et il s'y rendait à la demande expresse de ce dernier.

Salvatore Greco n'était pas homme à attendre.

Bien que son grand-père s'enorgueillisse publiquement de respecter ceux qui lui tenaient tête, la vérité était tout autre. En dépit de sa fortune et de son pouvoir, Salvatore Greco possédait un ego très chatouilleux.

Lorsque Salvatore avait assumé sa garde et celle de son frère aîné, Ivo avait vite compris, du haut de ses huit ans, qu'il était facile d'irriter son grand-père… Il savait aussi que les circonstances étaient très particulières. La veille de l'anniversaire d'Ivo, son père avait décidé qu'il ne pouvait plus vivre sans sa femme, récemment décédée. Ivo avait découvert le corps inanimé de son père et Salvatore avait trouvé le garçon prostré près du corps. Au cœur de l'horreur qu'avait été cette journée, Ivo se rappelait la force des bras de son grand-père, le refuge qu'ils lui avaient offert. Salvatore l'avait pris dans ses bras pour l'arracher à la scène qui avait par la suite hanté ses nuits d'enfant.

Même tout jeune, Ivo avait compris ce qu'il lui devait. C'était une dette impossible à rembourser et ce sentiment de lui être redevable ne s'était pas effacé, même lorsque Ivo avait découvert que son grand-père n'était ni un ange gardien ni un super héros mais un homme dur, sans pitié, pas toujours juste et presque impossible à contenter.

En dépit de tous ses défauts, Salvatore restait l'homme qui avait sauvé Ivo de l'enfer, et celui-ci lui en serait toujours reconnaissant. Cela faisait longtemps qu'il avait arrêté d'essayer de plaire à son grand-père, même s'il savait mieux que personne à quel point le vieil homme détestait être contredit, et pouvait réagir de la pire façon à toute contrariété, réelle ou imaginaire. C'était pour cela que peu de gens osaient entrer en conflit avec Salvatore.

Ivo était fataliste quant à l'accueil qu'il allait recevoir, peu préoccupé par la litanie d'invectives qui l'attendait vraisemblablement. Il sentit un nerf tressaillir le long de sa mâchoire dure, tandis qu'un souvenir importun s'imposait à sa mémoire...

Il n'avait pas toujours été aussi philosophe. À l'époque,

il avait fallu longtemps à son frère pour le retrouver dans le dédale des greniers du *castello*, et le convaincre de sortir de son refuge. Il ne voyait pas bien ce qu'il avait pu faire pour irriter son grand-père, mais il se rappelait qu'il n'avait pas écouté l'avertissement de son frère : « Ne lui montre jamais que tu as peur et ainsi, un jour, la peur disparaîtra. »

Ivo balaya ce souvenir d'un geste de la main : le passé était loin, désormais. À ses yeux, il existait peu de chose plus pathétiques que les gens qui s'accrochaient à leurs souvenirs au point de se laisser submerger par leur passé. Ceux qui ressassaient leurs opportunités manquées et revivaient sans cesse leurs succès de jeunesse sur les terrains de sport étaient légion, comme si brandir un trophée à vingt ans faisait de vous un champion pour la vie. Tous étaient si consumés par leur passé qu'ils en oubliaient de vivre et d'assurer leur avenir.

Le regard d'Ivo, au contraire, était toujours tourné vers le futur. Cependant, à cet instant, un élément nouveau attira son attention. Le domestique en uniforme qui le suivait comme une ombre le heurta presque quand il s'arrêta brusquement. Sans prêter attention à ses excuses embarrassées, Ivo contempla l'étonnante fresque byzantine qui ornait le mur.

— C'est une nouvelle acquisition ?

— Je ne sais pas, monsieur.

Malgré cette réponse d'une parfaite neutralité, Ivo sentit l'anxiété dans la voix du domestique et le prit en pitié. Il n'insista donc pas et perçut le soulagement immédiat de celui-ci quand il reprit son chemin. La magnifique fresque byzantine aurait pourtant mérité qu'il s'arrête plus longuement. Car il appréciait toutes les formes de la beauté classique, malgré son goût pour les intérieurs minimalistes et sobres : pour lui, le fonctionnel n'était pas non plus dépourvu de beauté. L'ironie ultime de cette nouvelle acquisition de son grand-père était que ce dernier, collectionneur renommé, ne saurait pas en apprécier la beauté. Car pour lui, jades précieux, porcelaines et œuvres d'art des siècles passés n'étaient que des acquisitions. Il tirait son principal plaisir du fait de priver d'autres amateurs de la possession d'aussi beaux objets. Il avait sans doute oublié l'histoire des œuvres d'art qu'il possédait, et même le nom de leur auteur, mais pas le prix qu'il les avait payées, ni le nom des collectionneurs à qui il les avait soufflées.

Ivo passa les portes de verre pour entrer dans un couloir plus lumineux, aux vastes ouvertures donnant sur les eaux turquoise de la mer Tyrrhénienne. La vue, dans le soleil matinal de la Toscane, était à couper le souffle.

Ivo se tourna vers celui qui le suivait toujours d'aussi près.

— Je vais pouvoir me débrouiller seul à partir d'ici.

L'homme hésita. Se faire congédier contrevenait à ses instructions. Il se mit à bafouiller une protestation, mais le regard sombre d'Ivo le dissuada d'insister et il se retira prestement, tête baissée.

Les appartements privés de Salvatore étaient situés dans la plus ancienne partie du bâtiment, occupant l'intégralité de l'une des tours iconiques, de forme carrée, bâties par ses ancêtres au XIIe siècle. La porte massive barrée de métal qui menait au bureau de son grand-père était ouverte et Ivo entra sans frapper. Il était préparé à ce qui l'attendait mais, pourtant, il éprouva une seconde de flottement, désorienté par le décor qui s'offrait à ses yeux. Il faillit sortir ses lunettes de soleil, tant le blanc et les chromes rutilants l'éblouissaient.

Cinq ans plus tôt, son grand-père avait fait arracher les panneaux lambrissés des murs et remplacé les antiques bibliothèques par un décor métallique jugé plus adapté aux moniteurs qu'il venait de faire installer et qui surveillaient sa propriété de façon « efficace », avait-il dit alors. La seule chose qui perdurait de l'ancien temps était le bureau qui trônait au milieu de la pièce.

Un demi-sourire effleura la bouche large et sensuelle d'Ivo au souvenir de la réaction de Salvatore quand son petit-fils avait reconnu que l'ancien décor de bois lui manquait et que, oui, il aimait l'odeur un peu poussiéreuse des vieux livres. Salvatore l'avait toisé d'un regard méprisant : sans doute cela venait-il de le conforter dans l'opinion qu'Ivo n'était qu'un imbécile, beaucoup trop sentimental.

Ivo avait accepté ce regard avec flegme. Si Salvatore l'avait réellement pris pour un imbécile, il ne lui aurait pas donné le contrôle du département Informatique et Communications des Industries Greco. Enfin, « donné » n'était peut-être pas le mot adéquat. Lorsque la cession avait été faite, Salvatore n'anticipait pas qu'elle durerait.

La gratitude d'Ivo était bien réelle, même s'il comprenait qu'il s'agissait d'un test, que son grand-père pensait le voir rater. Lui confier ce poste si jeune signifiait que Salvatore souhaitait son échec, et de façon publique, pour mieux le tenir à sa merci après l'avoir tiré d'affaire. Mais Ivo avait déjoué ses espérances en réussissant seul. Son grand-père n'avait pas eu le plaisir de le secourir, ce qui l'avait frustré du plaisir de tout contrôler. Mais depuis, Ivo avait les mains libres. Jusqu'à présent.

Un changement était-il à craindre ?

Il n'était pas sujet à la paranoïa mais il ne croyait pas non plus aux coïncidences et la convocation péremptoire, au moment même où séchait l'encre du contrat de fusion globale qu'il venait de négocier, lui avait mis la puce à l'oreille. Car la fusion allait changer le statut du département Informatique et Communications : ce ne serait plus le parent pauvre des Industries Greco. Les autres divisions, celles des Loisirs, de la Propriété et de la Construction, de même que le joyau de la couronne, Greco Media, allaient devoir le prendre en compte. Et peut-être Salvatore allait-il annoncer à son petit-fils qu'il voulait reprendre les rênes, ou du moins avoir son mot à dire sur la nouvelle structure.

Cela n'affolait pas Ivo, plus curieux qu'autre chose de savoir ce qui l'attendait. Salvatore étant un despote qui voulait tout régenter, le scénario de la passation était envisageable depuis le début. Dans ce cas, plutôt que de céder à son grand-père ou de partager les responsabilités, Ivo avait décidé qu'il partirait.

Tu cherches une bonne excuse, Ivo ?

Ses sourcils sombres se froncèrent et il fit taire l'agaçante petite voix qui le narguait intérieurement. Car en fait, il savait qu'il ne déserterait pas son poste, et ne refuserait pas ce que lui dictait son devoir, tout comme son grand-père avait accompli le sien à la mort de son père. Un père auquel Ivo ne ressemblait pas, pas plus qu'à son frère, d'ailleurs.

— Bonjour, grand-père.

À près de quatre-vingts ans, Salvatore Greco restait

un homme imposant. Il n'y avait rien de fragile dans son maintien mais, alors qu'il se retournait pour lui faire face, Ivo se surprit à penser pour la première fois que son grand-père vieillissait. Peut-être était-ce dû à la lumière crue du matin qui soulignait les rides de son visage et creusait ses joues... L'impression se dissipa cependant au moment où le vieil homme prit la parole : il n'y avait nulle trace d'âge ou de faiblesse dans sa voix.

— Ton frère est mort, déclara-t-il de but en blanc.

Il s'assit dans le fauteuil massif, posant les mains sur le magnifique bureau ancien qui dominait la décoration minimaliste de la pièce.

Ivo ne remarqua pas le tremblement dans la voix de son grand-père. Son regard s'était perdu au loin et la suite de la déclaration glissa sur lui sans qu'il en saisisse le sens, jusqu'à ce qu'une phrase résonne enfin à ses oreilles.

— Il faudra que tu t'occupes de tout cela personnellement, tu comprends...

Ivo tenta de maîtriser les émotions déferlantes qui noyaient son esprit et lui donnaient l'impression que sa poitrine était entourée d'un bandeau d'airain.

— Tout cela... L'enterrement ?

Cela semblait impossible. Bruno, de neuf ans son aîné, mourait à trente-huit ans ?

La pensée était insupportable et la bouffée de rage qui le saisit fut chassée par un déni presque immédiat. Il y avait erreur. Tout cela ne pouvait être qu'une monumentale erreur. Si son frère était mort, il l'aurait su.

Les yeux de son grand-père se rétrécirent et ses lèvres se serrèrent : il n'appréciait pas d'être interrompu.

— Leur enterrement a eu lieu le mois dernier, si je ne me trompe.

Les doigts d'Ivo se crispèrent sur les bras en cuir du fauteuil qui venait de l'accueillir, jusqu'à ce que ses jointures blanchissent. Toutes ces dernières semaines, il avait vécu normalement, alors que son frère était mort ? Comment avait-il pu l'ignorer, ne pas ressentir... quelque chose ? Il secoua la tête et coupa une nouvelle fois la parole à Salvatore.

— Le mois dernier ?

Son grand-père le regarda sans répondre et saisit le flacon de cristal qui ornait un coin du bureau. Des verres étaient posés sur un plateau d'argent et il versa quelques doigts du liquide ambré dans l'un d'entre eux qu'il poussa vers son petit-fils. Le verre racla le bois du bureau et une nouvelle fois Ivo secoua la tête. Ce n'était pas par empathie que son grand-père lui versait à boire. Il était incapable d'empathie, Ivo l'avait compris depuis longtemps. L'émotion, aux yeux de Salvatore, c'était une faiblesse à exploiter chez les autres. Ce n'était sans doute pas un hasard si Ivo était connu pour son expression indéchiffrable. Ce qui n'avait d'abord été qu'un bouclier était devenu pour lui une seconde nature.

— Tu as dit... *leur* enterrement ?

Le cerveau d'Ivo semblait se remettre à fonctionner, et il n'était pas sûr que ce soit une bonne chose. Le sentiment de perte s'imprimait en lui physiquement, il le sentait au plus profond de lui-même, là où il avait juré qu'on ne l'atteindrait plus. Ayant géré la situation seul après la désertion de Bruno, sachant qu'il ne pourrait compter sur personne d'autre, il avait scellé la part de lui-même qui le rendait vulnérable à la douleur.

Et aujourd'hui, cette émotion prohibée reprenait vie, explosait comme une bombe à retardement et brouillait la vivacité de son esprit.

— La femme qui était avec lui est morte aussi.

— *Sa* femme, reprit Ivo alors qu'une image lui revenait, sans doute inexacte, déformée par le temps.

Il n'avait rencontré qu'une fois celle pour qui son frère avait quitté sa famille, et c'était quatorze ans plus tôt. Ses yeux n'avaient sans doute pas été aussi bleus qu'il les avait perçus, cependant l'image l'avait marqué et il la voyait ainsi, bien après que son ressentiment pour elle eut disparu. Mais Samantha Henderson restait celle qui avait privé Ivo, encore adolescent, de son grand frère adoré. Il avait supplié Bruno de ne pas partir, et celui-ci, en pleurs, avait promis de revenir le chercher. Combien de temps lui avait-il fallu avant de comprendre qu'il ne reviendrait pas ?

Imbécile ! se moqua la voix dans sa tête alors qu'il repensait à sa crédulité d'adolescence. Il avait attendu son frère, désespérément. Celui-ci lui avait dit ce qu'il voulait entendre mais jamais il n'avait pensé à revenir pour lui. Il l'avait laissé tomber. C'était ainsi que cela se passait, pour Ivo. Les gens qu'il aimait l'abandonnaient. D'abord son père, puis Bruno. Sauf à être un minable, il ne fallait pas nourrir d'illusions sur l'amour des autres, sous peine de souffrir sans cesse. Ivo n'était pas un minable et ne tenait pas à souffrir. Dans un monde où être en couple était la norme, il avait appris que la solitude était en fait une force. Il ne serait plus jamais dans une position de vulnérabilité, pour personne. Il ne recherchait pas l'amour. L'amour exacerbait les faiblesses et nuisait à l'intégrité d'un homme.

Jusqu'à présent, il n'avait pas été trop difficile de se protéger de cette maladie qu'était l'amour. Il s'en tenait au sexe, sans lendemain. Sa vie n'était pas polluée par les sentiments. En revanche, il croyait à la loyauté.

C'était ce que son grand-père demandait. De la loyauté, pas du sentiment, et Ivo trouvait cela légitime. Salvatore avait été là pour lui, et n'avait jamais cherché à se faire passer pour autre que ce qu'il était. L'homme était un démon mais n'avait jamais prétendu être un saint.

Bruno avait été son petit-fils préféré.

Son héritier.

Ivo, qui portait aux nues son grand frère, n'en avait jamais pris ombrage.

On s'était toujours attendu à ce qu'un jour Ivo déçoive et, alors qu'il grandissait, il sentait bien qu'on prévoyait ses échecs. On murmurait qu'il était comme son père, dont il avait hérité la faiblesse.

Ivo avait entendu les murmures, avait serré les dents et s'était bien promis de faire mentir tout le monde. Il savait que son père était faible car seul un homme dépourvu de caractère pouvait laisser deux petits orphelins au prétexte qu'il ne pouvait vivre sans sa femme. Sa mère avait dû être extraordinaire ; Bruno le disait en tout cas, mais Ivo ne se la rappelait pas vraiment. Quant à son père, il se défendait de cultiver son souvenir, car il le méprisait.

Pour son aîné, tout avait toujours été différent. Il était l'enfant béni des dieux. En grandissant, cela ne lui avait pas été facile de se montrer à la hauteur des attentes de Salvatore, mais il n'avait pas déçu. Cela lui avait sûrement demandé de nombreux sacrifices, ce qui était peut-être la raison pour laquelle le choc avait été si brutal quand Bruno avait finalement défié Salvatore.

Salvatore avait choisi une fiancée pour celui qui serait son successeur, planifiant une union profitable avec l'unique héritière d'un homme presque aussi riche que lui, et de bonne lignée, ce qui comptait beaucoup pour un Greco. Salvatore se vantait d'appartenir à une famille très ancienne, comptant parmi l'élite européenne. Il fallait maintenir ce niveau. Mais Bruno le rebelle n'avait pas souscrit au projet.

Ivo avait quinze ans lorsque son frère était parti vivre avec celle qu'il aimait. Quand celui-ci avait rompu son serment de venir le chercher, il avait fini par comprendre que les murmures s'étaient trompés : ce n'était pas lui, Ivo, qui avait hérité la faiblesse de leur père mais bien Bruno, qui ne pouvait vivre sans l'amour de sa vie. Par contre, il pouvait vivre sans honneur. Et sans son petit frère.

Tout traître qu'il fût à sa promesse, il avait été vivant, quelque part sur une île morne et glacée d'Écosse. Mais plus maintenant. Cela semblait impossible.

— Personne ne t'a informé du décès ? fit-il à l'adresse de son grand-père, pressant son index au milieu de son front dans l'espoir de s'éclaircir les idées.

Les sourcils broussailleux de son grand-père se soulevèrent.

— Bien sûr que si ! L'exécuteur testamentaire de ton frère m'a prévenu. Oh ! et puis j'ai reçu une lettre manuscrite de la sœur de sa femme, ajouta-t-il avec un reniflement de mépris. À peine lisible.

Ivo sentit que la colère prenait le dessus sur la tempête qui faisait rage en lui.

— Comment ? Tu savais ? lâcha-t-il.

Il sentit un muscle de sa mâchoire se crisper lorsque le vieil homme se contenta de hausser les épaules en guise de confirmation. Cette indifférence ne fit qu'attiser la fureur qu'il sentait grandir en lui et qui menaçait de le consumer tout entier. Rien de cela ne se voyait sur son visage mais sa voix était de glace lorsqu'il demanda :

— Et tu n'as pas jugé utile de partager l'information avec moi jusqu'à ce jour ?

Salvatore le regarda dans les yeux et sa réponse, coupante, était teintée d'une pointe de défi.

— Pour quoi faire, Bruno ?

Ivo se figea. Son grand-père ne semblait pas se rendre compte qu'il l'avait appelé du prénom de son frère.

— Il ne t'est pas venu à l'esprit que j'aurais pu vouloir aller à l'enterrement ?

Aurait-ce été le cas ? Eh bien, songea-t-il avec une amère ironie, il ne le saurait jamais, maintenant.

— Non, je n'y ai pas pensé une seconde. Tu as fait le deuil de ton frère il y a bien longtemps, quand il a cessé d'être ton frère. Et tu n'es pas hypocrite, ajouta-t-il en le détaillant du regard, avant que ses lèvres ne dessinent un sourire de mépris moqueur. À moins que tu n'aies changé sur ce point...

Ivo releva lentement les yeux et secoua la tête comme s'il cherchait à dissiper un mauvais rêve.

— Bruno m'a contacté il y a dix-huit mois. Il voulait que nous nous rencontrions.

Le regard perdu, Ivo ne remarqua pas l'expression de colère qui traversa le visage de son grand-père. Il était trop absorbé par la culpabilité qui le rongeait.

— Et tu l'as vu ? interrogea Salvatore.

Ivo tourna vers lui un regard lugubre. Si l'amour qu'il portait à son frère s'était vraiment éteint comme son grand-père le prétendait, pourquoi souffrait-il autant ?

Repoussant la question à plus tard, il prit une profonde inspiration. Un homme devait assumer ses actes.

— Non, je ne l'ai pas vu.

Une décision qu'il pourrait bien se reprocher jusqu'à la fin de ses jours. Son frère lui avait tendu la main et il ne l'avait pas saisie. Et pourquoi pas ? Parce que la colère et le ressentiment éprouvés dans sa jeunesse étaient restés intacts ? Parce qu'il voulait punir Bruno ?

Ce mépris de lui-même s'ajouta à la culpabilité et au regret qui le rongeaient comme un poison. Il savait qu'il aurait pu pardonner l'abandon de Bruno. Ce qui était impardonnable, c'était le mensonge qui avait en vain nourri son espoir.

— Je pensais que ton frère avait tourné la page, commenta son grand-père d'un ton dubitatif en passant la main sur l'ombre grise d'une barbe naissante.

— Tourné la page ?

— Bruno s'est tenu à distance quand je lui ai signifié de le faire par le biais de mes avocats, mais il a continué à t'écrire. Quelques années, puis il a arrêté au bout de...

Salvatore fronça les sourcils.

— Au bout de combien de temps, déjà ? Je ne sais plus, mais en tout cas les lettres ont cessé quand mes avocats lui ont précisé que, s'il persistait à vouloir te contacter, je vous déshériterais tous les deux.

D'une main pressée contre sa tempe, Ivo essaya de faire taire la sourde pulsation qui l'empêchait de réfléchir.

— Il a... cherché à me contacter ?

Salvatore lâcha d'un ton méprisant :

— Il voulait être ton tuteur, tu imagines ?

Son expression semblait inviter Ivo à partager son mépris, mais celui-ci n'était pas en condition de partager quoi que ce soit. Bruno n'avait donc pas menti quand il lui avait promis de revenir ! Il ne l'avait pas abandonné…

— Il voulait ma garde…

Salvatore haussa les sourcils, incrédule.

— Comme si un juge l'y aurait autorisé après sa condamnation…

— Quelle condamnation ?

— Oh ! tu ne l'as sûrement pas su, à l'époque, mais ton frère a fréquenté des gens peu recommandables quand il était au lycée, et on l'a trouvé porteur d'une petite quantité de… Enfin, il n'a pas été difficile de balayer cela sous le tapis, mais il avait un casier judiciaire.

— Il s'est drogué ? Bruno ?

Jamais le moindre soupçon n'avait effleuré Ivo. De quoi d'autre l'avait-on protégé ?

Mais ce n'était pas cela qui comptait, à présent. Ce qui comptait, c'était que son frère ne l'avait pas abandonné et que c'était Ivo qui lui avait tourné le dos ! La découverte lui laissait dans la bouche un goût doux-amer.

Le commentaire de Salvatore laissait entendre que non seulement Bruno avait voulu le contacter, mais qu'il s'était battu pour sa garde… Et lorsque son frère l'avait récemment contacté, c'était Ivo qui l'avait repoussé !

Il commençait à peine à comprendre l'erreur qui avait décidé de toute sa vie que son grand-père lui porta un nouveau coup.

— L'enfant…

— Quel enfant ?

— Ton frère a eu un fils, un bébé, dont j'ai oublié

le nom, dit-il avec un geste impatient de la main, et d'ailleurs cela n'a aucune importance. C'est pour cela qu'il faut que tu ailles en Écosse, sur l'île de Skye. Ton frère y habitait, dans une sorte de masure, sans doute sans électricité ni eau courante. Je veux que tu ramènes l'enfant. Il appartient à cette famille, même si son père était un imbécile et sa mère...

D'un rictus méprisant, il balaya Samantha comme si elle n'avait jamais existé.

— Mais l'enfant, reprit-il, l'enfant est un Greco. Il fait partie de la lignée.

— Comment... Comment sont-ils morts ? demanda Ivo, déglutissant avec peine pour dégager sa gorge nouée par l'émotion.

— Un accident de montagne... Ils étaient encordés, apparemment. Un témoin a dit lors de l'enquête qu'il l'avait suppliée de couper la corde mais qu'elle avait refusé de le faire.

Pour la première fois, Ivo crut entendre de l'émotion dans la voix de son grand-père mais celui-ci ajouta d'un ton dur :

— Bruno a toujours été téméraire. Et regarde où ça l'a mené ! S'il n'avait pas couru les montagnes, il n'aurait pas rencontré cette pauvre fille, ni vécu dans un taudis !

Une exagération, sans doute, mais Samantha était tout de même à des années-lumière des héritières policées que son frère fréquentait avant de la rencontrer.

Le coup de foudre, avait expliqué Bruno. Mais Ivo ne croyait pas au coup de foudre. C'était l'excuse d'un homme faible, tel qu'il ne le serait jamais. On avait toujours le choix.

C'était sur ce credo qu'il avait construit sa vie mais, curieusement, il lui semblait moins valable aujourd'hui.

— J'ai parlé à mes avocats, reprenait Salvatore. Il n'y a aucun moyen de casser le testament.

— Il y a un testament ? Que dit-il ?

Ivo s'en moquait, au fond. La seule chose qui lui importait, c'était de savoir que Bruno s'était battu pour le récupérer, contre des forces trop importantes pour lui, certes, mais il avait tenté tout ce qui était en son pouvoir. Et lui tenterait tout pour récupérer son neveu.

— Sans intérêt. Ils étaient jeunes, déclara Salvatore. Les jeunes ne pensent jamais qu'ils peuvent mourir, et cette femme, la sœur de Samantha Henderson...

Ivo ignorait qu'elle avait une sœur, mais pourquoi l'aurait-il su ?

— Cette sœur, elle a un nom ?

— Ça sonne écossais... Fiona ? Non, Flora, je crois.

— Et elle est tutrice de l'enfant ?

Ivo s'aperçut que seule l'existence de ce bébé le maintenait debout. Grâce à cet enfant, une partie de son frère survivait. Peut-être un jour cela serait-il un réconfort, quand la douleur de la perte se serait atténuée, et quand son propre sentiment de culpabilité serait moins violent. Ce dont il fallait qu'il se préoccupe, pour le moment, ce n'était pas sa culpabilité, mais bien cet enfant orphelin. *Tu n'es pas au centre, cette fois, Ivo*, se dit-il avec un sourire sans joie.

Le poing de son grand-père atterrit sur le bureau avec une force qui fit vibrer le bois et tressaillir Ivo.

— C'est insensé ! Elle n'a rien, elle n'*est* rien ! éructa Salvatore avec mépris.

— Si tu veux faire partie de la vie de cet enfant, tu

devrais apprendre le nom de sa tante, suggéra doucement Ivo.

— Je ne veux pas qu'*elle* fasse partie de sa vie. C'est à cause de sa famille que j'ai perdu mon petit-fils.

C'était une manière de voir les choses, qu'il avait imprimée dans l'esprit d'Ivo. Et que celui-ci, même à présent, avait du mal à abandonner.

— Bon. Mais demande-toi ce que tu as obtenu jusqu'à présent avec ton refus des compromis. Peut-être devrais-tu te montrer réaliste et tenter de récupérer ce que tu peux...

Les yeux de Salvatore se plissèrent.

— Les compromis ? C'est la leçon que je t'ai apprise ? gronda-t-il avec dédain. J'ai fait une offre très raisonnable à cette femme. Généreuse, même ! Et elle l'a refusée !

— Tu lui as offert... d'acheter l'enfant ?

Seigneur, les choses allaient de mal en pis ! Son grand-père semblait avoir perdu la ruse et la subtilité qui avaient fait sa renommée.

— Et tu es surpris qu'elle ait refusé ? conclut Ivo, incrédule.

— Oh ! je sais pourquoi elle refuse. Elle est stérile, assura le vieil homme, donc elle s'accroche désespérément à cet enfant. Dans la lettre qu'elle m'a adressée, elle m'a même invité à venir les voir là-bas. Il faut couper l'enfant de cette partie de la famille. Ce sont eux qui l'ont ravi à...

La voix du vieillard faiblit. Ses yeux avaient pris une teinte vitreuse. Était-ce à cause de la colère ou du chagrin ? En tout cas, il se détourna et cette fragilité soudaine remua profondément Ivo, ramenant à sa mémoire l'époque où Salvatore était invincible. L'époque où il l'avait arraché à la contemplation de son père sans vie, ce père qu'il avait tenté de réveiller, dans son ignorance, en glissant entre ses lèvres froides quelques-unes des pilules qui gisaient à côté de lui dans l'espoir de le ranimer. Il avait mis longtemps à comprendre que ces pilules étaient en fait l'arme que son père avait utilisée pour se supprimer.

Salvatore voulait sauver le bébé de la même manière qu'il avait sauvé Ivo. Car pour lui, un Greco restait un Greco.

Es-tu bien en position de le juger ? demanda une petite voix ironique dans la tête d'Ivo. *Toi qui ne cherches qu'à alléger ta culpabilité...*

D'accord, ni sa motivation ni celle de son grand-père n'étaient très nobles, mais les Greco n'avaient jamais brillé par la noblesse de leurs sentiments. Ils se distinguaient par leur détermination à atteindre leurs buts. La mâchoire d'Ivo se crispa. Il venait de comprendre quel était le sien : élever cet enfant, cette part de Bruno qui restait vivante.

— Tu dis qu'elle ne peut pas avoir d'enfant... Tu as eu accès au dossier médical de cette femme ?

La seule réponse que lui fit le vieil homme fut de hausser les épaules, une expression amère sur le visage.

Ivo n'insista pas. Ce n'était pas cela qui le gênait le plus, dans toutes les frontières de la décence que Salvatore avait franchies sans même y réfléchir. Non, ce qui le gênait, c'était que lui-même, malgré sa culpabilité et son désir de se racheter vis-à-vis de son frère, épousait les motivations du vieil homme. Et il ne voyait pas pourquoi il s'en excuserait. La fierté tout italienne de sa culture et de sa langue était en lui, comme elle avait été en Bruno. Et l'idée que le fils de son frère n'y ait pas accès lui faisait dresser les cheveux sur la tête.

Comme Bruno avait tenté de l'élever, il lui devait de transmettre cet héritage à son fils. C'était la seule façon de payer sa dette, songea-t-il, un goût métallique dans la bouche. L'orphelin qui partageait son ADN ne devait pas être laissé dans l'ignorance de son histoire. Donner à son neveu l'éducation dont son père aurait rêvé serait sa rédemption.

Salvatore s'était repris. Il fronça les sourcils avec colère :

— Il nous faudrait un levier pour la faire plier, mais elle n'a rien fait de répréhensible…

— Pas de cadavres dans le placard, donc ?

— Des rumeurs de liaison avec un footballeur, mais il n'était même pas marié à l'époque.

— Alors que veux-tu que je fasse ? Kidnapper l'enfant ?

Un simple « oui » aurait été moins choquant que la réponse qu'Ivo reçut.

— Je veux que tu épouses cette femme et que tu ramènes l'enfant. Mes avocats disent qu'ainsi tu auras légalement le droit de le faire, comme de le garder après le divorce.

La pure stupéfaction qui saisit Ivo s'exprima par un grand éclat de rire. Avait-il jamais ri en présence de son grand-père ? Pas depuis bien longtemps, en tout cas, et le son de son propre rire lui parut comme rouillé, tant il avait peu servi. Bizarrement, le souvenir du rire de Bruno lui revint.

— Tu as tout prévu, on dirait, ironisa Ivo.

— N'essaie pas de me dire que tu ne pourrais pas la rendre amoureuse de toi si tu le décidais…

— Merci pour le vote de confiance, fit Ivo en se levant calmement avant de placer ses deux mains à plat sur le bureau, mais ça ne m'intéresse pas d'essayer.

Il avait atteint la porte mais les mots de son grand-père l'arrêtèrent net.

— Je suis mourant, Ivo, et je veux que tu ramènes ici mon arrière-petit-fils. Tu voudrais que ton neveu soit élevé par une étrangère et n'entende jamais le son de sa propre langue ? Qu'il ne bénéficie jamais des avantages liés à sa naissance ? Tu serais égoïste à ce point ?

Ivo se retourna lentement et dévisagea le visage parcheminé de son grand-père. Oui, Salvatore avait vieilli.

— Tu me dis la vérité ?

— Me crois-tu capable de mentir sur un sujet pareil ?

— Oui, rétorqua Ivo sans l'ombre d'une hésitation.

Le vieil homme se mit à rire. Visiblement, il prenait ce « oui » pour un compliment.

— Je voudrais garder un peu de dignité dans un processus qui n'en a vraiment pas. Je t'épargnerai donc les détails déplaisants mais, oui, je suis mourant, et je voudrais voir cet enfant. Peux-tu me rendre ce service ?

Ivo exhala le souffle trop longtemps retenu.

— Je ne peux te faire aucune promesse là-dessus.

La promesse, il se la faisait à lui-même. Jamais il ne livrerait cet enfant à Salvatore, mais il comptait bien le ramener chez lui et le protéger de l'influence souvent toxique du vieil homme, tout comme Bruno l'avait protégé quand il était enfant.

Son grand-père sourit.

— Je savais que tu ne me laisserais pas tomber, Bruno.

2

Flora descendit l'escalier, grimaçant à chaque fois qu'une latte du plancher grinçait et ne relâchant son souffle que lorsqu'elle était bien sûre de n'avoir entendu aucun sanglot à l'étage. Sa mère lui avait dit que Jamie faisait ses dents, mais elle prétendait néanmoins qu'il était un bébé « facile ».

Dernièrement, Flora s'était convaincue que les bébés « faciles » étaient des créatures aussi imaginaires que les elfes ou les licornes, et qui dormaient bien moins qu'elle.

Flora se souvenait vaguement de ce qu'était une bonne nuit. À l'époque, elle pensait avoir mal dormi quand elle s'était tournée pendant une demi-heure avant de trouver le sommeil, songea-t-elle avec nostalgie.

À présent, elle était capable de s'endormir debout. D'ailleurs, elle avait *déjà* dormi debout. Avec Sami, tout cela paraissait si facile... Ses yeux se remplirent de larmes et elle prononça le prénom de sa sœur dans un murmure de désespoir. La douleur de la perte était telle qu'il lui fallut quelques secondes pour comprendre qu'elle avait froid.

Très froid, même... Elle ne s'en était pas rendu compte

pendant qu'elle arpentait la pimpante chambre d'enfant en fredonnant une berceuse au bébé qui hurlait dans ses bras. Elle frissonna, et serra autour d'elle les pans du gilet qu'elle avait enfilé à la hâte.

Sa modestie dût-elle en souffrir, elle était fière de son premier projet en tant qu'architecte. La transformation de la vieille bâtisse dont Sami et son beau-frère avaient voulu qu'elle soit tout à la fois demeure et lieu de travail lui avait valu une mention dans un concours prestigieux. Chauffage et isolation avaient été les deux points forts de cette rénovation et, théoriquement, la maison était chaude et confortable grâce à un chauffage à la pointe de la technologie éco-responsable, économique de surcroît.

Toutes les fenêtres de ce qui était aussi un hôtel-restaurant étaient équipées d'un triple vitrage qui feutrait le bruit des plus fortes tempêtes, et le toit était couvert de panneaux solaires, mais ce soir les courants d'air froids semblaient s'être insinués dans chaque recoin.

Il lui fallut un moment pour comprendre que la tempête qui faisait rage dehors et les quelques défauts d'isolation n'étaient pas seuls en cause. Elle s'en rendit compte en passant devant l'une des grandes colonnes radiateurs ultramodernes, qu'elle effleura du doigt : le métal était froid. Elle poussa un soupir désappointé en pensant au contrat d'assistance chaudière qu'elle avait considéré comme une dépense inutile, puisque tout semblait fonctionner si bien.

Il était facile, avec le recul, de déceler là un exemple typique de fausse économie.

Elle s'autorisa une ou deux secondes d'auto-apitoiement avant de carrer ses épaules minces.

D'accord, Flora, tu te feras des reproches plus tard, pour l'instant appelle le chauffagiste. Arrête de pleurnicher et agis !

Elle envisagea les solutions qui s'offraient à elle dans l'immédiat. Se réfugier dans le petit salon privé, extension de la maison avec une vue incroyable sur la mer et jusqu'au continent, n'était pas possible, car elle n'avait pas eu le temps d'y allumer le poêle à bois malgré l'arrivée de l'hiver. Avec les grandes baies vitrées, il y ferait sans doute encore plus froid qu'ici.

Le mieux était peut-être de se faire une bouillotte, de placer des radiateurs d'appoint dans la chambre d'enfant et de se glisser dans son lit. Il n'était que 20 h 30, mais son horloge interne était tellement déréglée à cause du manque de sommeil que cela n'avait pas vraiment d'importance – oui, décidément, c'était la seule solution.

Tout d'abord, le chauffage dans la chambre du bébé. Les épaisses chaussettes de laine de Flora ne faisaient aucun bruit sur les dalles de pierre de la réception, mais on entendait l'orage gronder de plus en plus fort.

Elle frissonna, cette fois à la pensée de tous ceux qui n'avaient pas la chance d'avoir des murs solides pour les protéger des éléments en furie. Elle éteignit les lumières au passage et attrapa son portable dans la poche de son jean ajusté. Avec un soupir de frustration, elle le remit en place – il n'y avait pas de réseau depuis l'heure du déjeuner, et quelques heures plus tard la ligne filaire avait également été coupée. Ce n'était pas cette coupure, guère étonnante par ce temps, qui inquiétait Flora, mais que le fait qu'elle se trouvait dans l'impossibilité de contacter sa mère.

Dans des circonstances normales, elle ne se serait pas inquiétée ; sa mère aurait été là, pour l'aider à gérer l'hôtel et s'occuper de Jamie, tout en continuant à gérer sa propre entreprise de poterie. « Multitâches » aurait pu être le deuxième prénom de Grace Henderson et Flora aurait bien aimé hériter d'au moins une infime part de son énergie.

Mais voilà, les circonstances présentes n'avaient rien de normal : suite à une mauvaise chute, sa mère se déplaçait avec des béquilles et pleurait sa fille aînée. Heureusement, au grand soulagement de Flora, elle était entourée de voisins amicaux qui ne manqueraient pas de veiller sur elle.

Elle essayait de se souvenir de l'endroit où elle avait remisé les radiateurs d'appoint qu'elle comptait placer dans la chambre du bébé, quand on frappa bruyamment à la porte qu'elle avait verrouillée en raccompagnant Fergus. Toutes les réservations ayant été annulées, il n'était pas nécessaire que le chef cuisinier reste à son poste. Elle eut aussitôt honte de sa première pensée, égoïste : *Oh non, s'il vous plaît, ne réveillez pas le bébé !* Et se précipita, tandis que les coups se faisaient plus pressants.

— J'arrive, une seconde !

Elle tâtonna un peu en manœuvrant les verrous avec une hâte qui rendait ses doigts malhabiles.

Le vent glacial qui soufflait de la mer et du loch, de l'autre côté de la route, s'engouffra dès que la porte s'ouvrit et fouetta Flora en plein visage. Sa force lui coupa le souffle et la fit reculer. C'est à peine si elle entendit le choc sourd du lourd battant de chêne contre le mur, tant le rugissement du vent et des vagues qui venaient s'écraser à quelques mètres de la vieille maison était puissant. L'inconnu entra en trombe. L'espace d'un instant, elle avait presque cru que c'était Callum, mais ce n'était pas lui, évidemment. Le garçon du pays qui avait fait fortune, d'abord par son talent quand il s'agissait de taper dans un ballon, puis par son aptitude à faire vendre à peu près n'importe quoi rien qu'en souriant à une caméra, vivait à présent en Espagne, à moins que ce soit au Japon ? Et de toute façon, l'homme qui venait d'entrer ne lui ressemblait pas vraiment, sauf par l'allure : la haute taille, la musculature sportive, les cheveux sombres… et sans doute par l'effet de l'imagination fertile de Flora.

Si c'était Callum qui était venu frapper à sa porte, Flora aurait pu le repousser dans la tempête sans l'ombre d'un remords, mais son visiteur ne méritait pas ce traitement – il ne lui avait pas brisé le cœur, lui. De plus, il ne semblait pas du genre à se laisser jeter dehors aisément.

Il se tint un instant dans l'encadrement de la porte, le sommet de sa tête touchant presque le chambranle et ses larges épaules occupant quasiment tout l'espace. Les pans de son long manteau ondulaient au vent.

Si le dieu des éléments déchaînés avait pris forme humaine, c'était à cet homme-là, certainement, qu'il aurait ressemblé.

Avant que le cerveau de Flora, abasourdi, n'ait pu enregistrer davantage de détails, l'inconnu ferma la porte à la tempête, sans effort apparent.

Tout à coup, le rugissement du vent ne fut plus qu'un gémissement sourd, mais elle ne s'en rendit pas compte. La poussée d'adrénaline que venait de provoquer cette apparition avait mis tous ses sens en alerte, et elle fut aussitôt sur ses gardes face à cet homme qui semblait plus grand encore, maintenant qu'il était entré.

On aurait dit qu'il était là depuis des heures, et non depuis quelques secondes. Assez longtemps, en tout cas, pour que les détails de son visage s'impriment dans la mémoire de Flora. L'eau plaquait ses cheveux sombres sur son crâne et dégoulinait sur ses cils exagérément longs et sur ses joues, faisant luire son teint mat dans la lumière tamisée de la réception. Même sans s'attarder sur la bouche sensuelle, les yeux sombres et expressifs, la seule combinaison des méplats et des angles de ses traits dans la demi-pénombre, de ses joues creuses et de sa mâchoire carrée, le rendait terriblement mâle et attirant.

Ignorant la chaleur qui inondait son ventre, elle essaya de détourner son regard des yeux hypnotiques, aux paupières lourdes, qui semblaient le retenir.

— Qui êtes-vous ? bredouilla-t-elle lorsque ses cordes vocales purent de nouveau fonctionner.

Sa voix manquait de chaleur. Où était ce sens de l'accueil typiquement écossais dont parlaient tous les guides touristiques qui recommandaient l'établissement ? Pour sa défense, elle était en état de choc… Elle battit des paupières, comme pour essayer de se protéger de ces yeux sombres aux reflets dorés qui semblaient pénétrer trop profondément en elle.

Il se passait quelque chose d'inhabituel : ce n'était pas tous les jours qu'elle ouvrait la porte pour tomber sur le plus bel homme qu'elle ait jamais vu… Callum était beau, oui, mais cet homme-là l'était plus encore ! Mais était-ce bien le moment de s'extasier ? Non, vraiment pas, décida-t-elle en détaillant la structure parfaite du visage vigoureusement sculpté de son visiteur, avec ses hautes pommettes, sa mâchoire carrée et son nez aquilin. Flora sentit son estomac se nouer quand son regard atteignit la ligne sensuelle de sa bouche.

En fait, ce qui l'avait vraiment troublée, c'était l'espèce d'onde de choc que l'impressionnante présence de cet homme dans la pièce aux plafonds bas avait propagée en elle. Elle en avait la chair de poule et ses genoux tremblaient.

Eh bien ! Il ne manquait plus que cela !

Le destin avait décidé que perdre sa sœur et son beau-frère bien-aimés, d'hériter de leur entreprise et de la charge de veiller sur leur petit garçon ne suffisait pas. Il fallait qu'en plus un beau ténébreux vienne se présenter à sa porte et souffle sur les braises de sa libido endormie !

Flora dut lutter pour cesser cette inspection. Il fallait rester correcte et s'enquérir de ce que l'homme faisait ici. Ou, mieux, attendre que l'inconnu s'explique.

— J'ai réservé une chambre.

La voix était grave, profonde et sonore, avec une légère pointe d'accent étranger, difficile à identifier. Une nouvelle vague de tristesse étreignit la gorge de Flora. En plus profond et peut-être un peu plus sec, ce timbre lui rappelait celui de son défunt beau-frère, Bruno. Mais la voix de Bruno était chaude et engageante, tandis que celle de l'étranger était aussi peu chaleureuse que les yeux sombres qu'il posait sur elle.

Elle se secoua mentalement et puisa dans ses réserves de professionnalisme. En temps normal, cela ne lui demandait pas un trop violent effort. Plusieurs des hôtes récents de l'établissement avaient laissé des notes flatteuses sur Internet quant à son efficacité et son aimable sens de l'accueil.

Alors pourquoi se tenait-elle là comme une idiote, presque paralysée ?

Il était vrai qu'à ce jour aucun de ses clients n'était encore arrivé vêtu d'un costume sur mesure sous un manteau aussi élégant et visiblement coûteux, habillant à la perfection des épaules aussi carrées…

Et aucun n'avait… oh, non, mieux valait ignorer l'émoi qu'il provoquait en elle, et se réveiller le lendemain, après une bonne nuit de sommeil, en comprenant que sa fatigue en avait été la cause. C'était sûrement vrai, d'ailleurs, son ex-fiancé ayant décrété, à raison, qu'elle n'était pas douée pour les choses du sexe.

— Il y a un problème ?

Dès qu'il la vit, Ivo s'aperçut que ses prévisions étaient totalement fausses, ce qui le déconcerta car il n'y était pas habitué. C'est tout juste s'il avait réalisé, jusqu'à ce que cette porte s'ouvre, qu'il s'attendait à trouver derrière elle une grande blonde élancée, et non cette petite rousse à la taille fine sous la ceinture de son jean. Il enfonça les mains dans ses poches, sentant presque ses doigts se refermer, en imagination, autour d'elle. Ses courbes pleines, indéniablement féminines, lui envoyaient un signal très clair…

Il pouvait difficilement prétendre qu'il était désagréable de regarder celle que son grand-père lui avait conseillé d'épouser. Venue de nulle part, l'image de celle qu'il venait de découvrir, vêtue de blanc, marchant comme on vole à travers la nef d'une église, lui traversa l'esprit. Il s'empressa de la chasser, comme il avait repoussé toute idée de mariage. Il avait cru inévitable de convoler un jour, pour perpétuer son nom, mais l'existence du fils de Bruno l'en dispensait, et il en était ravi. Ivo n'était pas venu en Écosse pour épouser qui que ce soit. En fait, le plan qu'il avait forgé était assez fou...

Depuis son départ de Rome, tôt ce matin, tout avait mal tourné. Des problèmes de moteur sur son jet privé, peu après le décollage de la piste réservée de Leonardo da Vinci, avaient forcé le pilote à faire demi-tour pour un atterrissage d'urgence. Lorsqu'il avait enfin atterri en Écosse dans un avion de remplacement, il n'avait trouvé aucun chauffeur prêt à aller jusqu'à Skye, car la météo déconseillait de prendre la route.

Ivo, qui jugeait son voyage impératif, n'avait cure des avertissements, considérant que le mauvais temps sur les îles Britanniques était un désagrément habituel. Cette désinvolture lui avait coûté cher, songea-t-il en contemplant ses chaussures de luxe irrémédiablement gâchées...

Et maintenant qu'il était arrivé à destination, il commençait à comprendre que les choses n'allaient pas se passer tout à fait comme prévu. Il se concentra, pour essayer de retrouver toute l'objectivité qu'on s'accordait à lui reconnaître – certains appelaient cela de la froideur – et contempla le visage en forme de cœur tourné vers lui.

Dire qu'elle n'était pas belle, même si ses goûts en matière de femmes ne le portaient pas vers ce genre de physique, n'aurait pas été exact. Il en avait certainement rencontré de plus belles, mais aucune n'avait ce visage d'un ovale parfait, encadré par des boucles aux allures préraphaélites, véritables fils d'or rose.

Aussi inattendu était le vif désir qu'il avait instantanément ressenti, lorsqu'il avait posé les yeux sur elle.

Tâchant d'ignorer cette réaction aussi primitive qu'incongrue, il continua d'en examiner la cause, ce petit nez retroussé, la bouche sensuelle et délicatement dessinée, et puis ces yeux de chat si bleus, à l'insondable profondeur, bordés par de longs cils, cette jolie fossette, aussi, sur un petit menton pointu et déterminé…

— Vous avez un costume de rechange ? demanda Flora en se tournant vers l'inconnu. Une autre cravate ?

— Pourquoi, il y a un code vestimentaire, ici ?

— Non, mais je voulais vous signaler que nous avons des espaces ventilés pour sécher vos vêtements… Au cas où vous vouliez aller vous promener demain. Ce que je ne conseillerais pas par ce temps, ajouta-t-elle à la hâte.

L'homme était visiblement citadin et les gens des villes se mettaient souvent en danger sur l'île, inconscients des difficultés du terrain.

— Oh ! et il y a des cartes d'état-major dans toutes les chambres, reprit-elle. Et si la géologie vous intéresse, je peux vous indiquer des choses fascinantes à voir…

— Elle ne m'intéresse pas particulièrement, merci, et j'ai un bon sens de l'orientation.

Comme un silence gênant menaçait de s'installer, Flora y mit fin d'un joyeux :

— Alors, vous êtes là pour pêcher, peut-être ?

Même si l'hôtel avait désespérément besoin de clientèle, Flora se surprit à souhaiter que ce client-ci ne soit pas là du tout, en fait.

— Non, je ne suis pas intéressé par la pêche, répliqua-t-il, les dents serrées.

Flora garda le sourire, envers et contre tout.

— J'espère que vous vous plairez ici. Je ne pensais pas que nous avions une réservation, admit-elle. Vous venez de loin ?

— Oui.

J'ai eu des conversations plus intéressantes avec un mur de brique, pensa-t-elle, maintenant son sourire de façade jusqu'à ce qu'elle découvre qu'il regardait ses cheveux. Elle réfréna, mais un peu tard, son envie de lisser nerveusement les boucles qui s'étaient détachées de sa queue-de-cheval bien serrée. L'époque où elle travaillait à Édimbourg et passait un temps fou à dompter chaque matin sa chevelure rebelle paraissait remonter à un million d'années.

Sa seule coquetterie, à présent, c'était le baume à lèvres.

— Eh bien, vous avez été courageux de faire le voyage par cette tempête ! Ou peut-être mal renseigné ?

S'apercevant qu'il pouvait mal prendre cette réflexion, elle se hâta de sourire plus largement encore pour atténuer ses paroles et s'éviter une réponse cinglante.

N'empêche qu'il s'était risqué sur les routes au mépris des conseils de la police et de la météo, et franchement on pouvait se demander pourquoi.

À moins que, dans le cas de ce sombre personnage, il s'agisse moins d'ignorance que d'arrogance. De toute façon, maintenant qu'il était là, il devait s'inscrire, mais où était donc passé le registre ?

Ivo la regarda se pincer l'arête du nez en signe de concentration agacée. En fait, c'étaient surtout les cernes sombres sous ses yeux très bleus qui attiraient son attention. Il refusa de se laisser envahir par un sentiment qui n'était pas de l'empathie, mais quelque chose de plus embarrassant, et décida qu'il n'avait nul besoin de ce genre de distraction. Il ressentait le besoin de réfléchir à sa première réaction, instinctive, lorsque la porte s'était ouverte sur cette silhouette à la chevelure de feu. Il s'était attendu à rencontrer une copie conforme de sa sœur, la grande blonde élancée qui avait ravi le cœur de son frère, et il devait s'ajuster à la réalité. Sans compter qu'il ne s'attendait pas à être attiré par la femme qui gardait son neveu. Il n'était pas question de se laisser distraire et, pour cela, Ivo pouvait se faire confiance : la dernière fois qu'il avait cédé à sa libido, il n'était qu'un adolescent et n'avait pas encore eu devant les yeux l'exemple édifiant de son frère abandonnant tout pour une femme. Ivo n'était pas un saint et sa sexualité était tout à fait satisfaisante, mais jusqu'ici il s'était tenu à l'écart de ce qu'on appelait l'amour. Jamais il n'avait eu une relation à long terme : chaque fois qu'une femme avait prétendu l'aimer pour ce qu'il était, elle n'avait pas tardé à vouloir le changer. Or, celle qui le modèlerait à son goût n'était pas encore née ! Pas plus que celle dont il ne pourrait se passer. Cette idée fit naître un sourire cynique sur ses lèvres.

— Est-ce vous la responsable, ici ? demanda-t-il d'un ton impatient qui fit aussitôt se raidir Flora.

Apparemment, le caractère de cet homme-là n'était pas aussi parfait que le reste de sa personne.

— Oui, confirma-t-elle d'un ton plus assuré que ce qu'elle ressentait, réfrénant une soudaine envie de le gifler.

En fait, lors des semaines infernales qu'elle venait

de vivre, elle ne s'était jamais sentie si responsable que ça... Mais au moins, elle avait fait illusion.

Elle s'apprêta à continuer, se dirigeant vers le bar comme si elle ne doutait pas un instant d'y trouver le registre, là, sur une étagère. La chance lui sourit : il y était.

L'hôtel serait raccordé à Internet dans une semaine, et cela permettrait des échanges plus faciles, même dans ce coin reculé d'Écosse. Le vieux registre relié de cuir allait devenir obsolète.

Elle l'ouvrit aux dernières pages, là où toutes les annulations de ces derniers jours apparaissaient en rouge. Et tout en haut, elle vit une réservation à la date de ce soir.

Elle leva les yeux pour lui adresser un sourire professionnel.

— Je suis désolée, je n'avais pas vu... Vous êtes...

Elle secoua la tête, incapable de déchiffrer le gribouillage de Fergus, qui avait noté la réservation.

— Rocco, répondit Ivo en donnant son deuxième prénom, comme il l'avait fait au téléphone pour confirmer sa venue.

Il n'avait pas voulu s'engager avant d'avoir bien étudié la situation.

— Eh bien, monsieur Rocco, nous sommes désolés pour la mauvaise communication et l'accueil. Je pensais que tout le monde avait annulé à cause de la tempête.

L'homme tourna son regard doré vers la baie vitrée battue par la pluie.

— Ah, ce ne sont pas les conditions normales ?

Sa remarque aurait pu passer pour de l'humour, si la froideur de ce M. Rocco n'avait pas été aussi flagrante, et Flora dut se mordre la lèvre pour ne pas y répondre trop vertement. Mais malgré sa détermination, son sourire s'estompa, car elle venait de revoir le visage de sa sœur. Sami aurait mis ce râleur dans sa poche et en dix secondes il lui aurait mangé dans la main. À nouveau, le choc du deuil la frappa, comme un coup de poing. Elle aurait presque souhaité que Jamie se réveille, afin qu'elle ait à s'affairer et oublie un peu son chagrin. Être trop occupée pour penser à sa peine n'était pas une mauvaise chose, songea-t-elle, ignorant la petite voix qui lui soufflait que ce n'était qu'un répit bien bref et non un rempart contre l'irrémédiable, qu'il lui fallait bien affronter, de toute façon.

— Voulez-vous un petit remontant, pour vous réchauffer après votre voyage ?

Flora se pencha pour prendre la bouteille de single malt hors d'âge qu'elle gardait sous le comptoir pour ce genre de situations. « La bouteille de la dernière chance », comme l'appelait Bruno, servait à aplanir les conflits avec la clientèle, lorsque tout autre accommodement avait échoué. Il leur restait très peu de cette cuvée-là et elle ne la sortait que rarement de sa cachette.

— C'est offert par la maison, bien entendu...

— Non merci.

La sécheresse avec laquelle il avait répondu à son offre effaça instantanément le sourire de la jeune femme.

— En revanche, reprit-il, je veux bien voir votre carte...

— La... La carte ?

Il leva un sourcil sardonique.

— La carte, oui, le menu.

Flora se mordit la lèvre.

— C'est que... le chef est rentré chez lui et en fait...

Elle s'interrompit. Était-il bien prudent de révéler à

ce bel étranger à l'air vaguement menaçant qu'il était seul dans l'hôtel avec elle et un bébé qui dormait à l'étage ? Aussitôt, elle se sentit honteuse de la peur qui l'avait saisie et, levant le menton, elle carra ses épaules, avant d'ajouter piteusement :

— Désolée...

— Donc, votre cuisine est fermée ?

Il aurait dû s'en douter. Ivo avait peine à imaginer que son délicat citadin de frère ait pu vivre dans ces montagnes marécageuses, froides et brumeuses. Il s'excusa mentalement d'avoir cru que son grand-père exagérait en lui décrivant l'endroit où vivait son arrière-petit-fils. Il était encore en dessous de la vérité.

— Je pourrais peut-être vous faire un sandwich ? suggéra son hôtesse.

Comme il ne répondait pas, elle reprit :

— Très bien, laissez-moi vous montrer votre chambre, alors. Nous avons un petit problème de chauffage à cause de la tempête. Je vais vous monter un radiateur électrique et en un rien de temps vous serez très bien ! Si vous voulez bien me suivre...

Mais à peine avait-elle posé un pied au premier étage qu'elle se figea en entendant, par l'interphone, une sorte de murmure ensommeillé. Ivo la vit littéralement retenir son souffle, avant que ses épaules ne se relâchent sous l'effet du soulagement.

3

— Vous avez un enfant ?

Il vit les yeux de la jeune femme s'élargir comme sous l'effet d'un choc. Fasciné, Ivo observa l'émotion se peindre sur les traits délicats. Il était déconcerté que quiconque puisse révéler ses sentiments ainsi ; exposer ses vulnérabilités au monde était pour lui inconcevable.

— Oui, c'est mon enfant, répondit-elle après un instant d'hésitation.

Flora avait accepté le verdict du médecin. Cela n'avait pas été facile et, pendant un certain temps, elle avait éprouvé de la colère, mais elle avait accepté le fait que son endométriose était si grave que sa fertilité en était gravement compromise.

Elle aurait pu sombrer dans l'amertume ou espérer un miracle. Face à de tels événements, chacun réagissait différemment.

Sa façon à elle avait consisté à accepter ce qu'elle ne pouvait pas changer et à garder son énergie pour les combats qu'elle pouvait gagner.

Cela ne signifiait pas qu'elle n'avait pas rêvé de dire ces mots-là : *mon enfant…*

Ironiquement, à présent qu'elle pouvait les dire, ce

n'était pas à cause d'un miracle, mais parce qu'elle vivait un cauchemar. Elle aurait tout donné pour ne pas avoir à les prononcer. Chaque fois qu'elle y pensait, et c'était plusieurs fois par jour, la douleur de la perte se ravivait, avec la crainte de ne pas être à la hauteur.

Flora ne se sentait pas du tout de taille à assumer la tâche qui lui incombait, dorénavant. Bien sûr, elle avait dû affronter des défis dans sa vie, dont certains étaient très rudes, mais celui-ci les dépassait tous. Être une mère de substitution était différent de tout le reste. Être responsable d'une vie était la chose la plus effrayante qu'on puisse imaginer. Aucune formation ne pouvait vous y préparer.

Être une bonne mère était peut-être inné, au fond…

Sami en avait été une, pensa-t-elle, les yeux embués comme chaque fois qu'elle pensait à sa sœur. En la voyant faire, on aurait pu croire que c'était facile.

Luttant contre un trop-plein d'émotions, Flora prit une profonde inspiration.

Le doute était un luxe qu'elle ne pouvait se permettre. Elle devait se concentrer sur des choses banales, comme payer les factures et parvenir à rester éveillée. Elle n'avait pas de temps pour autre chose.

— Oh ! pardon, s'exclama-t-elle, en jetant un coup d'œil vers le sac de voyage qu'il avait laissé tomber à la porte en arrivant, je vais prendre votre bagage !

Ivo savait, d'après le dossier compilé par Salvatore – son grand-père ne laissait rien au hasard –, que Flora Henderson avait été forcée par les récents et tragiques événements de quitter un travail qu'elle adorait et il subodorait qu'elle pourrait en éprouver du ressentiment, ce qu'il projetait d'utiliser pour atteindre son objectif.

Oui, vulnérable, elle l'était sans doute, à en juger par ses joues creusées, les cernes sous ses yeux et l'ombre du malheur que l'on voyait se refléter dans leur bleu si pur.

Pourtant, au lieu d'en éprouver de la satisfaction, Ivo perçut en lui quelque chose d'étrange, qui se rapprochait de la compassion. Un instant plus tard, il niait cette impression. La compassion exigeait un certain lien et Flora ne lui était rien ; il ne pouvait rien y avoir de personnel entre eux. Seule comptait pour lui sa famille et, à part son grand-père, son unique lien le rattachait maintenant à l'enfant qui dormait à l'étage. Or, cette femme se tenait entre lui et cet enfant.

— Je pense que je vais me débrouiller, mademoiselle...

— Oh ! euh... Henderson.

Puis, parce que l'hôtel était répertorié sur tous les sites web comme offrant une ambiance détendue, elle passa outre sa réticence instinctive à donner à cet homme des détails personnels, et ajouta :

— Flora...

Puis elle fit demi-tour et le précéda dans l'escalier.

Quand ils atteignirent le palier, elle était essoufflée, en partie parce qu'elle était montée au pas de course, mais surtout parce qu'il l'avait regardée d'une façon troublante, comme s'il pouvait lire en elle, à livre ouvert.

Sur le palier, Flora s'arrêta, ouvrit une armoire de rangement et y prit un radiateur électrique, soulagée de pouvoir enfin paraître efficace, ou du moins un peu moins incapable.

— Votre chambre est de l'autre côté de la maison.

Flora glissa le petit radiateur sous son bras et repoussa de côté une mèche de cheveux roux.

— Alors, j'espère que vous ne serez pas dérangé. Si vous voulez bien me suivre, monsieur Rocco...

Le choix de la chambre la plus éloignée de celle du bébé lui avait paru un bon choix. C'était aussi la plus grande et celle qui offrait la meilleure vue ; mais c'était aussi la plus froide de tout l'hôtel.

— J'espère que vous serez bien, dit-elle en regardant le nuage de brume de son haleine s'élever dans l'air froid, tandis qu'elle se penchait pour brancher le chauffage avant de le monter au maximum. Ça va se réchauffer en un rien de temps. Vous avez ici de quoi vous faire du thé et du café...

Du geste, elle montra le plateau dressé sur une table d'appoint avec cafetière et mugs, puis désigna la boîte, à côté.

— Les sablés sont faits maison.

La plupart des clients étaient agréablement impressionnés, quand elle le mentionnait. Pas cette fois. Mais Flora se devait de continuer, malgré l'absence de réaction. Certaines personnes ne savaient pas sourire...

— Il y a des boissons dans le réfrigérateur, ajouta-t-elle, avant d'ouvrir la porte de l'armoire. Peignoir, serviettes et couvertures supplémentaires. Notez simplement ce que vous prendrez dans le frigo. Les prix sont les mêmes que ceux du bar. J'espère que vous passerez une bonne nuit, monsieur Rocco. Oh ! voulez-vous une bouillotte dans votre lit ?

Et si je désirais autre chose ?

Il bloqua net cette pensée incongrue, mais il n'avait aucun contrôle sur l'image voluptueuse qu'elle avait fait naître dans son esprit, une image où il la voyait le réchauffer de ses bras et de ses jambes enroulés autour de lui. Lorsqu'il réussit finalement à prononcer quelques mots, sa propre voix lui râpa la gorge.

— J'ai l'air d'avoir besoin d'une bouillotte ?

Ce dont il avait besoin, en fait, c'était… de pouvoir résister à l'attrait de ses lèvres.

Le plan de son grand-père impliquait un jeu de séduction, mais Ivo n'avait pas l'intention de le suivre. Les émotions étaient choses dangereuses, et il était irréaliste de croire qu'une personne qui affichait si facilement les siennes puisse être de bon conseil.

Son plan à lui serait simple et direct… Du moins en théorie. Car Ivo commençait à se demander si cette femme pouvait faire quoi que ce soit simplement. N'était-elle pas plutôt du genre à voir la réalité à travers le prisme de ses propres émotions ?

Flora aurait voulu détourner le regard, fuir cette pièce à l'atmosphère irrespirable. Le discours de cet homme était glacial, son ton sardonique ; quant à la lueur prédatrice dans ses yeux sombres…

L'ignorer n'était plus possible, mais il fallait garder la face à tout prix.

— Pas de bouillotte, alors. Eh bien, bonne nuit, monsieur Rocco !

Flora attendit de s'être éloignée de l'aile des chambres avant de s'appuyer contre le mur et de relâcher la tension qui vibrait en elle. Les jambes comme du plomb, elle se dirigea vers l'armoire qui contenait les radiateurs destinés à la chambre de Jamie ; toute son énergie semblait s'être dissipée en même temps que s'évacuait la tension. Elle marcha comme une somnambule vers la chambre du bébé.

Il ne restait plus d'appareils de chauffage pour sa

propre chambre à coucher, mais devoir affronter un refroidissement brutal n'était probablement pas une mauvaise idée, dans sa situation. Sur la pointe des pieds, osant à peine respirer, Flora brancha les radiateurs à l'une des prises de la chambre de Jamie. Elle regarda le bébé endormi et, comme toujours, la vague d'amour qu'elle sentit alors monter dans sa poitrine lui fit presque mal.

Elle n'était peut-être pas un bon substitut à ce qu'il avait perdu, mais elle était déterminée à donner à ce bébé tout l'amour que ses parents auraient pu lui offrir s'ils avaient vécu. Ah, si seulement il avait existé quelque part un manuel pour les gens qui n'avaient aucune compétence de parent !

Heureusement, sa mère était là pour l'aider et lui transmettre les siennes. Flora lui en était reconnaissante, mais elle était aussi réticente à l'idée de trop se reposer sur elle. On oubliait facilement que Grace Henderson avait eu sa part de problèmes de santé, quand on la voyait encore jeune et pleine de joie de vivre. En général, elle minimisait ses ennuis, mais la perte de Sami l'avait très durement atteinte, et puis il y avait eu son propre accident... Non, sa mère avait besoin de se reposer et de guérir, et non pas de courir au secours de sa pathétique cadette. C'est pourquoi Flora ne lui avait pas confié ses doutes. Il serait toujours temps de lui exposer les soucis financiers dont elle avait hérité lorsqu'une solution s'annoncerait... ou que l'hypothèque aurait été levée, avant la saisie.

Repoussant cette pensée déprimante, elle jeta un dernier regard au bébé endormi. Était-il possible que ce tout-petit puisse sentir, instinctivement, qu'elle n'était qu'une mère de substitution, et que les deux personnes qui l'aimaient le plus étaient parties pour toujours ? Flora se promettait de lui révéler qui étaient ses parents et que, même disparus, ces derniers seraient bien réels, pour lui. Elle avait déjà commencé à mettre des photos, des textes et divers souvenirs dans un album, pour le lui montrer quand il serait plus grand. Cela avait été plus facile pour les clichés de sa sœur, qui avait grandi avec elle ; et elle aurait aimé avoir plus de souvenirs de son beau-frère.

— Dors bien, chuchota-t-elle, vérifiant une dernière fois le système d'écoute avant de quitter tout doucement la pièce puis de descendre pour une dernière ronde.

Elle éteignit la lampe extérieure et regarda par la fenêtre juste au moment où la lune apparaissait à travers les nuages.

Son estomac se noua brusquement et ses yeux s'agrandirent, horrifiés, lorsque la lueur argentée lui révéla que les vagues recouvraient la route, et venaient lécher les pieds du muret.

Était-ce l'une de ces tempêtes qui ne se produisaient qu'une fois tous les vingt ans ? Allaient-ils être inondés ? Elle en repoussa l'idée. Elle n'était pas du genre à imaginer le pire, même après que le pire fut arrivé à sa famille, mettant à mal son optimisme inné et ravageant sa vie...

Une fois le chauffage allumé, la chambre fut vite chaude, comme l'avait prédit son hôtesse, ou du moins suffisamment tiède pour qu'Ivo puisse se déshabiller et entrer dans un lit aux draps blancs immaculés étonnamment confortable.

Il venait d'enfoncer sa tête dans l'oreiller quand il

entendit le son atténué, mais nettement perceptible, des pleurs d'un bébé, par-dessus le fracas de la tempête qui continuait de faire rage au-dehors. Dix minutes plus tard, le bébé pleurait toujours. Les bébés en bonne santé pleuraient-ils autant ?

Ivo avait toujours su s'abstraire des bruits de fond. Il pouvait dormir n'importe où, ou du moins il le pensait. Mais il s'avérait que certains sons particulièrement agaçants pouvaient difficilement être ignorés. Deux fois les pleurs s'interrompirent pour reprendre aussitôt, alors qu'il commençait à se détendre et à caresser l'espoir de trouver enfin un peu de repos.

Quand cela se produisit une troisième fois, n'y tenant plus, Ivo rejeta le couvre-lit, bondit hors du lit et sortit.

La température, dans le couloir, était de plusieurs degrés plus froide que dans sa chambre, mais sortir était toujours mieux que de rester allongé là à écouter des pleurs qui le rendaient fou. Tout à coup, ceux-ci cessèrent. Conscient qu'il pouvait s'agir une fois encore d'un simple répit, il ne se sentit pas pour autant rassuré, et ne retourna pas tout de suite dans son lit douillet. Sur une impulsion, il longea le couloir en direction de la lueur vacillante qu'il voyait là-bas, tout au fond.

L'instinct qui le poussait était plus fort que la logique. L'enfant de son frère, son neveu, était dans cette chambre, et cet enfant était tout ce qu'il restait au monde de Bruno.

La porte était entrouverte et elle pivota silencieusement sur ses gonds bien huilés dès qu'il posa la main dessus. La pièce était petite, peinte d'un jaune vif très gai. L'air chaud diffusé par les radiateurs faisait tourner les mobiles suspendus au plafond, donnant vie à leurs jolies petites figurines de clowns, de chats et d'otaries de cirque. La veilleuse projetait des étoiles sur les murs et au plafond, dans une ambiance un peu féerique.

Mais tout cela, Ivo le remarqua à peine.

Son attention était entièrement focalisée vers l'endroit où se tenait Flora Henderson, qui lui tournait le dos, ignorant pour le moment sa présence. Elle tenait l'enfant dans ses bras, et celui-ci semblait dormir, cette fois ; tout ce qu'Ivo pouvait voir, c'était le sombre sommet bouclé de sa petite tête et ses jambes enveloppées dans une couverture bleue. Il regarda Flora marcher pieds nus à travers la petite pièce jusqu'à l'endroit où se trouvait le lit, près d'une fenêtre aux rideaux clos. Elle portait une chemise de nuit de fin coton bleu qui tombait juste sous ses genoux, maintenue par de fines bretelles mettant en valeur la courbe de ses épaules délicates. Le tissu dansait autour d'elle quand elle marchait, laissant deviner l'étroitesse de sa taille et les courbes fermes de ses fesses.

Saisi d'un désir aussi soudain qu'incongru, il reprenait à peine un semblant de contrôle sur lui-même lorsqu'elle leva la tête. Quand il vit sur ses joues les traces de larmes dont elle ne semblait pas avoir conscience, la lueur de désir qui brillait dans ses yeux s'estompa. Il déglutit avec peine.

— Puis-je vous aider ?

Ivo n'avait aucune idée de quel tréfonds de son être lui venaient ces mots-là ; il se croyait pourtant immunisé contre les larmes féminines.

Alors pourquoi y réagissait-il maintenant ?

La réponse soulevait d'autres questions bien plus dérangeantes encore...

Il avait posé les yeux sur cette femme à peine quelques

heures plus tôt, alors comment pouvait-il être si sûr, si absurdement sûr, que ses larmes étaient sincères et non destinées à gagner sa sympathie ? Pourquoi savait-il donc, sans l'ombre d'un doute, qu'elle préférerait mourir plutôt que demander l'aide de quiconque ?

Quand le bébé remua et soupira dans son sommeil, elle réagit aussitôt, le déplaçant pour qu'il repose contre sa poitrine, dans le creux de son bras droit.

Seigneur, il fallait qu'elle se calme ! songea Flora, et oublie un peu sa fierté. Elle avait bien besoin d'un coup de main, même si cette main, avec ses longs doigts bruns effilés, était plutôt de nature à exercer sur elle une fascination inquiétante. L'aide, même si elle venait d'un inconnu aussi troublant, était toujours bienvenue et accepter son offre pourrait peut-être, avec un peu de chance, le faire rentrer beaucoup plus vite dans sa chambre.

Car Flora avait besoin qu'il débarrasse le plancher. Il était trop grand et trop… tout, pour cette pièce. Sa présence semblait raréfier l'air autour d'eux. Elle se jeta à l'eau.

— Pouvez-vous tirer le drap, je vous prie ? J'ai le bras gauche tout engourdi !

Le menton sur les boucles sombres de Jamie, elle s'écarta un peu, laissant échapper un petit soupir lorsque les longs doigts bruns l'effleurèrent au passage, comme par mégarde.

La décharge électrique qu'elle ressentit lui fit écarquiller les yeux, suscitant de nouveau en elle l'étrange frisson qui l'avait tout de suite alertée lorsque l'homme s'était présenté à la porte, avec son sourire ravageur.

Elle pouvait s'estimer heureuse qu'il ne soit pas sorti nu de sa chambre, mais le slip qu'il portait n'était pas vraiment suffisant pour bloquer ses fantasmes !

Rien, donc, ne pouvait retenir Flora d'admirer le corps mince et tonique, doré, absolument magnifique, du bel étranger. Il n'y avait pas une once de graisse sur sa silhouette sportive. Les paupières de Flora se mirent à battre un peu trop vite et sa gorge s'asséchа, tandis que son regard glissait de nouveau sur ses larges épaules, sur son torse et les muscles de son ventre. Ses jambes étaient longues, ses cuisses musclées. Une ligne de poils sombres partait de son nombril pour se perdre sous la ceinture de son slip.

Le souffle court, Flora leva les yeux et rencontra son regard sombre et troublant. Sa peau avait la couleur de l'huile d'olive et sa bouche bien dessinée lui donnait envie de... Elle battit des paupières encore plus fort et recula d'un pas, comme quelqu'un qui découvrait qu'il était au bord du gouffre.

— Bien sûr, répondit-il et, sans attendre sa réponse, il remit en place draps et couvertures.

C'est alors, en le regardant ouvrir et fermer ses petits poings, qu'Ivo vit clairement son neveu pour la première fois. Il scruta le petit visage, avide d'y retrouver les traits de son frère. Le cœur serré, il détailla les cheveux noirs, le nez minuscule, le teint rose si pâle, les yeux clos. Un petit être neuf, à peine effleuré par la vie et si... parfait.

Si vulnérable, aussi...

Ton père se serait fait tuer pour toi...

— Je... Je vous remercie.

Cette fois, le léger effleurement des doigts bruns avait duré un peu plus longtemps qu'il n'était nécessaire, et le frisson qu'elle en éprouva vibra longuement en elle. Pour se donner une contenance, et laisser se dissiper le trouble qui s'était emparé d'elle, Flora mit plus de temps qu'il n'en fallait pour border le bébé.

— Vous... Vous ne devez pas... être très réchauffé, balbutia-t-elle un peu stupidement, encore sous l'influence de cet étrange mélange d'excitation et de peur.

Sa remarque fit naître un surprenant sourire coquin sur les lèvres bien dessinées de l'homme. Elle en eut l'estomac noué. Il avait l'air d'un ange, d'un archange, même, mais sous stéroïdes.

— Ce n'est pas ce que les femmes me reprochent, en général, *cara*...

Cette insinuation badine acheva de lui brouiller les idées, et le « cara » plus encore. Elle aurait voulu disparaître sous le plancher. Mais elle releva la tête et chuchota, pour ne pas éveiller l'enfant :

— Je ne voulais pas dire que...

Puis elle s'arrêta net. Bien sûr, il voyait très bien ce qu'elle ne voulait pas dire.

Elle s'écarta du berceau et il la suivit. Sa mâle et spectaculaire présence, presque dans le plus simple appareil, aurait mis en transe n'importe quelle femme. Flora résista à l'élan impulsif de se saisir d'un coussin pour le serrer contre elle en guise de protection, se contentant de presser une main sur sa poitrine pour discipliner son souffle.

— Je suis désolée de vous avoir dérangé, reprit-elle enfin.

C'était une façon élégante de le pousser vers la porte, mais il ne parut pas le comprendre. Elle en grinça les dents de frustration. Il allait finir par prendre froid, plaisanterie mise à part ! S'efforçant de garder son regard au-dessus du niveau de sa ceinture, malgré quelques troubles et honteuses pensées vite écartées, elle marcha vers la porte pour baisser le variateur de la veilleuse. Ils restèrent dans la semi-pénombre, seulement éclairés par les douces lueurs des lunes et des étoiles qui dansaient au plafond.

— Eh bien… Bonne nuit.

Même dit en souriant, c'était indiscutablement une façon de lui donner congé. Pourtant, s'il admettait que se retirer était la seule chose à faire, il répugnait à la laisser seule et se demandait bien pourquoi. Flora n'avait pas encore atteint la porte qu'il la retenait déjà, l'interpellant à mi-voix.

— Vous avez pleuré ?

Elle se retourna, voulut nier, par réflexe. Les gens la croyaient volontiers fragile, mais elle savait qu'elle ne l'était pas et tenait à le leur démontrer. De toute façon, pas question pour elle de confier ses tourments à un quasi-inconnu, qui n'avait aucune part dans son malheur et n'y pouvait strictement rien. L'explication jaillit de ses lèvres :

— Ce sont les rideaux…, murmura-t-elle en guise d'explication.

Elle se tourna vers leurs pimpants motifs de voiliers et de montgolfières. Ils formaient un écran aux ténèbres du dehors. Contre les siennes propres, Flora n'avait aucune protection. Plus jamais elle n'aurait l'esprit léger. À la réflexion, elle se dit que son explication devait sembler idiote. Seule une folle verserait des larmes sur de simples morceaux de tissu. Elle aurait compris qu'il hausse les épaules et tourne immédiatement les talons, ce qui lui aurait évité de se rendre ridicule. Mais il ne bougea pas.

— C'est Sami, ma sœur aînée, qui les a montés et posés, expliqua-t-elle. Elle savait tout faire...

Son sourire avait disparu.

— Nous avions fait les courses pour préparer la chambre... Une journée entre filles, à Édimbourg... On a déjeuné, bu quelques cocktails de trop... C'était... une journée parfaite.

Quand elle leva les yeux vers lui, Ivo y lut la douleur, le désespoir, le sentiment lancinant de la perte. Tout ce qu'il aurait préféré ignorer, mais dont il ne pouvait détacher le regard. Comme il ne pouvait non plus s'empêcher d'écouter sa voix douce et encore remplie de larmes.

— Je ne le savais pas, bien sûr, sinon je...

Le timbre de Flora se fêla.

— Vous en auriez profité davantage, acheva-t-il.

— Il me semble que oui...

Ivo ne comprenait que trop bien. Lui aussi pensait souvent à de tels moments, avec Bruno...

Il serra les dents. Pas question de s'apitoyer sur soi-même. Il ne pouvait rien changer à ce qui était arrivé. Il n'y aurait plus jamais pour lui d'instants à partager avec son frère, mais il pouvait, et voulait être là pour son enfant.

— Elle me manque et à Jamie aussi, poursuivit Flora. Il ne peut pas le comprendre, mais je sais qu'il éprouve cela.

Elle se tourna de nouveau vers l'enfant et son regard se fit très doux.

— Ma sœur… C'est son fils, pas le mien, confessa-t-elle. Son fils et celui de Bruno.

Pourquoi lui racontes-tu tout ça ? C'est un étranger ! Peut-être justement parce que c'en est un…

Comme elle regardait toujours le bébé, elle ne vit pas la réaction d'Ivo quand celui-ci entendit prononcer le prénom de son frère, la crispation de douleur sur son beau visage.

— J'essaie de toutes mes forces, mais je crois que je ne suis pas faite pour ça. Vraiment pas.

Elle avait évité si longtemps de l'admettre que cet aveu lui fit du bien.

— Je ferais une très mauvaise mère.

Normalement, cette confession aurait dû ravir Ivo. Mais il ne ressentait à l'entendre aucune satisfaction, rien que l'envie de la protéger, encore.

Il tenta de refouler ce sentiment inconfortable, les mâchoires serrées, tandis que Flora, elle, étouffait les sanglots qui lui soulevaient la poitrine.

Elle allait y parvenir, quand elle sentit qu'il effleurait son visage. Elle voulut se détourner, mais il l'en empêcha, car il tenait à présent son menton entre le pouce et l'index.

— Cela doit être difficile, toute seule…

Ivo combattit la pointe de culpabilité qu'il ressentait en se rappelant que ramener l'enfant en Italie était la bonne décision : cette femme croulait sous le poids des responsabilités et elle le remercierait, sinon maintenant, du moins plus tard. Ce qui lui importait peu, du reste. Ce qui comptait, c'était que le fils de Bruno rentre dans son vrai pays, dans sa vraie famille.

— Car vous êtes bien seule, n'est-ce pas ?

Flora acquiesça, touchée malgré elle par la compassion qu'il lui manifestait. Oui, elle ne s'était jamais sentie aussi seule de toute sa vie.

Elle cligna des yeux. Le torse large et solide de cet homme était là, juste devant elle. Elle s'imagina y poser sa tête, le sentir l'entourer de ses bras... un instant, juste un instant.

Ses doigts étaient froids contre sa peau. Sûrement, c'était un rêve et elle allait se réveiller, mais en avait-elle envie ?

Il s'approcha, ou bien c'était elle ? Flora ne le savait pas vraiment, mais elle se sentait irrésistiblement poussée vers lui. Une latte du plancher grinça et elle se figea net, ce simple bruit dissipant d'un coup la sorte de transe, l'emprise à laquelle elle s'était abandonnée, qui plus est de son plein gré. Car c'était là la véritable honte : elle était si seule qu'elle était prête à accepter le réconfort d'un parfait étranger.

Rouge d'embarras, elle se précipita vers la porte, attrapant un plaid sur une chaise, au passage. Une seconde plus tard, Ivo la suivit, referma la porte derrière lui et la regarda s'envelopper dans la couverture, comme si elle s'en faisait un bouclier.

— Je n'ai pas l'habitude de... Je dors peu dernièrement, dit-elle avec maladresse. Les journées sont longues et le petit fait ses dents...

— La vie ici ne doit pas être très amusante, non ? Les rencontres sont plutôt rares. Vous devez regretter votre ancienne vie, le rythme de la ville, les sorties, le théâtre...

Flora se redressa et le fixa d'un air courroucé, trop

vexée d'avoir été percée à jour pour remarquer qu'il avait lui-même les pommettes un peu rouges...

— Est-ce que vous insinuez... que je suis en train... de vous draguer pour me changer les idées ? Et d'abord, comment savez-vous que je vivais en ville ?

Il la regarda, un sourcil ironiquement levé, et sembla se perdre dans ses yeux bleu cobalt. Loin de l'embarrasser, la situation paraissait l'amuser.

— Ne vous fâchez pas. Si je l'ai cru, je me suis trompé, alors, dit-il d'un ton tranquille.

Elle le fusilla du regard.

— Il faudrait que je sois bien plus désespérée, pour...

Elle s'arrêta net, avec un air de confusion qu'en d'autres occasions Ivo aurait jugé amusant.

— ... Non pas que je sois réellement désespérée, se reprit-elle, mais...

Elle vit la commissure des lèvres du bel étranger se soulever un peu.

Il se moquait d'elle. Quoi d'étonnant ?

Elle ouvrit la bouche et la referma, se souvenant de ce que lui disait sa mère quand elle n'était encore qu'une adolescente au tempérament de feu, souvent maladroite dans ses emportements : « Flora, quand tu as atteint le fond, pourquoi essaies-tu encore de creuser ? »

C'était une leçon qu'elle n'avait toujours pas retenue.

— Ce n'est pas un désert, ici, et... Enfin bref... Bonne nuit, monsieur Rocco.

— Bonne nuit, mademoiselle Henderson, répondit-il avant de tourner les talons, frustré comme il ne l'avait encore jamais été.

4

Ivo s'endormit aux alentours de 4 heures. Lorsqu'il s'éveilla, quelque chose avait changé. La pièce était plongée dans un silence absolu. La lumière qui filtrait à travers les volets révélait une chambre qu'il n'avait pas été en mesure d'observer la veille, aux tons pâles et apaisants avec lesquels contrastaient des tableaux de couleurs vives. Le lit était en chêne, et de bonne taille. Le reste du mobilier formait un mélange éclectique de neuf et d'ancien. Le plancher en chêne foncé était adouci par plusieurs tapis tissés main. Des vases en céramique abritaient quelques branches de bois flotté élégamment disposées. On était bien loin de la modernité des hôtels de luxe qu'il avait l'habitude de fréquenter, mais il n'était pas difficile de comprendre pourquoi l'endroit était si populaire car l'aménagement était sobre mais chaleureux. Rien de dispendieux cependant : l'argent que leur grand-père avait donné à son frère avait servi à la restauration de la bâtisse, mais Bruno avait commis une erreur classique : il avait dépensé jusqu'au dernier centime dans les gros travaux et avait dû emprunter pour le reste. Lorsque les taux d'intérêt avaient augmenté, il avait été pris à la gorge. Et puis il y avait eu l'accident…

L'endroit avait fermé plusieurs semaines, ce qui avait laissé un trou béant dans une trésorerie déjà fragile. Très vite, la situation avait dégénéré. Les clients, rebutés par l'idée d'une nouvelle gérance, avaient annulé leurs réservations.

Sans un apport important de capital, il semblait difficile de sauver l'hôtel. Il allait couler. Si Ivo n'était pas du genre à s'attacher sentimentalement aux affaires, il y avait fort à parier que c'était le contraire pour Flora.

Comme le visage expressif de la jeune femme apparaissait dans son esprit, il s'étira et fit le bilan des événements récents. Il avait passé des années à ériger un mur de glace entre lui et toute forme de sentiment. Une larme avait suffi à le faire fondre. Peu glorieux… Mais il ne fallait pas exagérer ce qui s'était passé. Ivo laissait ça aux sentimentaux. Son esprit à lui fonctionnait avec clarté et objectivité.

Ça tombait bien : si son plan fonctionnait, il aurait grand besoin de mettre ses distances entre lui et cette jolie rousse.

Flora en était à sa deuxième tasse de café lorsque la porte de la cuisine s'ouvrit. Un fermier voisin se tenait sur le seuil. Il la salua d'un coup de menton, une échelle en équilibre sur son épaule.

— Une nuit sacrément agitée, hein…

Flora haussa les sourcils, horrifiée. Comment savait-il ?

— Oh ! à cause de la tempête, vous voulez dire, réalisa-t-elle soudain, embarrassée.

— Il y a de la casse, malheureusement.

— Je commence à avoir l'habitude.

Le fermier hocha la tête et jeta un coup d'œil à l'extérieur.

— Ça ne devrait pas être trop long à réparer. Je vois que vous avez un client.

À l'extérieur, la voiture d'Ivo tranchait de manière flagrante avec son propre tas de ferraille, qui n'avait plus de véhicule que le nom.

Flora acquiesça silencieusement.

— On ne va pas refuser un peu d'argent, observa le fermier, laconique.

Elle hocha la tête de nouveau. Y avait-il une personne sur l'île qui n'était pas au courant de ses problèmes financiers ? Vivre en vase clos présentait ses avantages et ses inconvénients. Les secrets ne duraient jamais bien longtemps mais, lorsqu'on avait besoin d'aide, il n'y avait même pas à la demander. Pendant que son voisin s'activait à réparer, Flora décida de repousser l'appel prévu à sa mère et dressa la table pour le petit déjeuner de son unique client… dont la pensée ne l'avait pas quittée. Il faudrait désormais adopter une attitude plus professionnelle avec son hôte. Qu'est-ce qui lui avait pris de se confier ainsi, à un parfait étranger ? Il n'y avait plus qu'à faire comme si de rien n'était, sauver la face. Quel autre choix avait-elle, de toute façon ?

Elle se concentra pour chasser de son esprit les images gênantes de la nuit précédente. Elle avait peut-être craqué, mais il n'avait rien fait pour l'arrêter, sur le moment. Quand elle se retourna, Ivo était là, un cadre photo dans la main, lui tournant le dos.

— Ce sont ma sœur et son mari, expliqua Flora en approchant. Jamie n'était âgé que de quelques heures…

Elle tendit la main vers le cadre, combattant l'envie de le lui reprendre.

— Ils avaient l'air heureux, observa son interlocuteur.

Ivo lui rendit la photo du couple souriant, leur nouveau-né entre les bras, et observa Flora qui caressait tendrement le verre. Puis elle le reposa à sa place.

Elle déglutit péniblement. C'était trop injuste. Pourquoi eux ? Parce que la vie était injuste, qu'elle ne s'embarrassait des sentiments de personne. Toute amertume était superflue, de toute façon. Elle avait un bébé à charge, désormais, et une entreprise à redresser.

Elle sentit le regard d'Ivo sur elle quand elle répondit :

— Ils l'étaient. C'était le plus heureux des couples que j'aie connus… Navrée d'avoir perturbé votre soirée, monsieur Rocco, ajouta-t-elle de manière plus formelle après s'être éclairci la gorge.

— Appelez-moi Ivo.

Pourquoi ce nom lui était-il si familier ? Elle avait la réponse sur le bout de la langue mais la perdit à l'instant où il parla de nouveau.

— Vous avez réussi à dormir ?

— Oui, merci, mentit-elle, les joues rouges au souvenir du trouble dans lequel Ivo l'avait jetée.

Par nature, l'inconscient était incontrôlable, songea-t-elle pour se dédouaner des images qui avaient hanté son esprit. Mais à cet instant, elle ne sommeillait plus et le corps musclé qui lui faisait face bouleversait sa raison. Même habillé, l'homme était beau comme un dieu. Baissant les yeux pour masquer l'embarras qui lui brûlait les joues, elle tripota distraitement le menu posé dans un panier et invita son hôte à s'asseoir près de la fenêtre qui donnait sur le loch. Enfin dégagé, le ciel permettait d'apercevoir au loin les rives de l'Écosse.

Elle s'éclaircit la gorge. Il fallait sourire et faire face. Jouer le jeu.

Quelle étrange sensation que de promener son regard sur les lieux où avait vécu son frère... Avait-il été heureux, entre ces murs ? Ou avait-il regretté sa décision de tout abandonner par amour ? Ivo fronça les sourcils, rejetant la jalousie diffuse qui s'était emparée de lui.

— Est-ce que cette table vous convient ?

La voix chantante de Flora dissipa les fantômes de son passé.

— Ce sera parfait.

La salle à manger, comme le reste de l'hôtel, était décorée avec goût et éclectisme : les murs étaient couverts d'œuvres d'artistes locaux, comme dans toutes les pièces qu'il avait visitées. En dessous des tableaux, on pouvait lire de courtes biographies – ainsi que le prix des œuvres.

— Il pourrait y avoir un peu de bruit, le prévint-elle.

Il lança un regard à la route. Jusqu'à maintenant, on avait vu passer plus de moutons que de voitures.

— Vous parlez des bêlements ? Ça ne me dérangera pas.

— Gregory est sur le toit. La tempête a causé des dégâts là-haut.

Et pas seulement, pensa Ivo en observant les cernes violets sous les beaux yeux de son interlocutrice. Les rayons du soleil dans ses cheveux roux accentuaient par contraste la pâleur de sa peau.

— Nous avons perdu quelques tuiles hier soir, reprit-elle.

Flora ressentit un vif soulagement alors qu'il détournait enfin son regard vers la fenêtre. Vivement qu'il remonte dans sa voiture de luxe et s'en aille ! Lorsqu'il l'observait, elle se sentait nue.

Ivo s'approcha de la fenêtre. C'était la même vue que celle qu'il avait découverte plus tôt en ouvrant les volets, mais le soleil transformait le paysage. Il comprenait pourquoi l'île attirait tant les touristes. Le paysage sauvage, baigné de lumière, était si époustouflant qu'il était difficile de croire qu'il s'agissait du lieu parcouru en voiture la nuit précédente, et qui semblait être un désert de brume et de roche. Les vagues, hier déferlantes, s'étaient apaisées et la surface tranquille du loch reflétait parfaitement les montagnes. La tempête avait laissé peu de traces. Seuls quelques branchages restaient visibles le long de la route, marquant le niveau jusqu'où l'eau était montée.

— Vous avez souvent des inondations ?

Cette fois, Flora était prête à soutenir son regard. Elle ne maîtrisait pas grand-chose dans sa vie, en ce moment, mais il n'était pas question de se laisser mener par ses hormones.

— Tous les dix ans, peut-être.

Il haussa un sourcil dubitatif, mais Flora était sûre d'elle. Bruno et Sami avaient commandé un rapport sur les risques d'inondation, lorsqu'il avait fallu obtenir le permis de construire. Le relevé archéologique qu'ils avaient ajouté au dossier prouvait que des hommes vivaient sur ces terres depuis des siècles.

— Le bâtiment n'a pas trop souffert de l'orage ?

— Je n'ai pas encore tout vérifié, mais la structure est solide. Elle tiendra. Il faut juste réparer un peu le toit.

— Vous venez de croire sur parole un ouvrier qui cherchait du travail et vous a convaincue de l'employer, et cela, sans même aller voir par vous-même ? Lui avez-vous demandé un devis, au moins ?

Ivo fronça les sourcils devant tant de naïveté. Bien entendu, il pourrait profiter de ce défaut. Ou peut-être pas..., corrigea-t-il en la voyant relever le menton.

— Ce n'était pas un ouvrier qui cherchait du travail, c'était un voisin et un ami. L'argent n'est pas la valeur cardinale, pour les gens d'ici, répliqua-t-elle avec mépris.

Elle aurait offensé Gregory en lui proposant de le payer.

— C'est votre petit ami ?

— Gregory est marié, répondit-elle, plus amusée qu'irritée.

Alors qu'elle souriait, sa fossette la rendait tout à fait adorable, songea Ivo. Depuis quand n'avait-il pas vu une femme sans maquillage ? Sa peau douce et laiteuse servait de parfait canevas aux taches de rousseur qui éclaboussaient son visage. Jusqu'où allaient-elles ? Plus bas, vers son décolleté troublant, le long de ses courbes douces ?

— Voulez-vous du thé ou du café ? lança Flora.

Ivo releva les yeux, masquant immédiatement son embarras. Il respira l'odeur qui émanait de la cuisine, opta pour du café et ajouta après un instant :

— Il faut que je vous parle...

Flora s'immobilisa et releva les yeux comme un animal pris dans les lueurs des phares.

— Oh mon Dieu, non ! Hier soir, ça ne… Ça n'était pas…

— Je ne souhaite pas discuter de ce qui s'est passé, ou plutôt de ce qui ne s'est pas passé hier soir.

Humiliée, les joues rouges de honte, Flora pria intérieurement pour imaginer une réponse désinvolte. Mais déjà Ivo poursuivait :

— J'aimerais parler de la raison pour laquelle je suis ici.

— Je croyais que c'était un secret d'État… Navrée.

La réplique avait franchi le seuil de ses lèvres avant qu'elle ne puisse l'arrêter.

— Je suis sérieux, répondit-il d'un ton sec. Vous est-il venu à l'esprit que vous n'étiez pas de taille pour ce travail ?

À cet instant, une tuile passa par la fenêtre, explosant en mille morceaux sur la terrasse, suivie d'une bordée d'injures en gaélique, le tout venant du toit.

— Ai-je réellement besoin d'en dire plus ? souligna Ivo. Et puis, dois-je rappeler que le client a toujours raison ?

— Je n'en suis pas si sûre, lâcha-t-elle avant de se mordre la lèvre. Allez-y, je vous écoute.

La prochaine fois que tu ressens le besoin de contrarier des clients, pense à l'état de tes finances, se sermonna-t-elle intérieurement.

— Il faudrait d'abord que je vous donne mon nom complet.

Flora fronça les sourcils. Était-elle censée le reconnaître ? Était-ce un acteur hollywoodien dont elle n'avait pas connaissance ? Il avait le physique de l'emploi, bien sûr…

— Vous n'êtes pas monsieur Rocco ?

— Je m'appelle Ivo Rocco Greco.

Après une seconde d'un silence de mort, Flora se laissa tomber sur une chaise, le regard vide.

— Le petit frère de Bruno ? finit-elle par murmurer.

Ivo hocha la tête. On ne l'avait pas appelé ainsi depuis bien longtemps.

— Vous ? répéta-t-elle, en fixant son solide mètre quatre-vingt-dix et ses muscles secs.

Bruno et lui ne se ressemblaient en rien.

Il hocha de nouveau la tête.

— C'est… Pourquoi diable n'avez-vous rien dit plus tôt ? explosa-t-elle. C'est bizarre ! Vous n'êtes pas…

Elle baissa les yeux, gênée.

— J'en conclus que Bruno vous a parlé de moi.

Ivo sentit la culpabilité l'assaillir. Il n'avait pas prononcé le nom de son frère depuis le jour où il avait décidé que celui-ci l'avait abandonné. Flora hocha la tête à son tour. Elle se rappelait l'air protecteur, teinté de culpabilité, de Bruno les rares fois où il avait mentionné l'existence de son petit frère, qui s'avérait ne pas être si petit que ça.

Elle détacha le regard du menu qu'elle était en train de triturer et répondit :

— Vous… Vous ne ressemblez pas à Bruno.

Le mari de sa sœur n'était pas particulièrement grand. Sami disait souvent qu'elle était tombée amoureuse de lui à l'instant où il lui avait souri. Bruno avait un très beau sourire…

Elle essaya de contenir sa tristesse.

— Vous êtes plus… fermé. J'ai du mal à comprendre pourquoi vous avez gardé votre identité secrète et pourquoi vous choisissez de la révéler maintenant.

— Pourquoi ? Pour Jamie.

5

Ignorant l'étau qui enserrait son cœur, Flora lui jeta un regard qui signifiait : *Il faudra d'abord me passer sur le corps.*

— Je pensais avoir été claire avec l'avocat de votre grand-père. Je ne laisserai la garde de Jamie à personne. Ou prétendez-vous que votre présence ici n'a rien à voir avec tout ça ?

— Je suis venu de mon propre chef, en tout cas.

Ça n'avait rien de réconfortant, de la part d'un homme qui semblait plus menaçant qu'une mesure de justice, et qui avait visiblement hérité des méthodes brutales de son grand-père.

Flora lui adressa un sourire dédaigneux et reprit :

— Mieux vaut tard que jamais, j'imagine… Bruno était entouré de gens qui se souciaient réellement de lui, l'aimaient et lui ont dit au revoir à son enterrement. Aucun d'entre eux ne partageait son nom de famille.

Pour seule réponse, Ivo haussa les épaules. Son expression ne laissait rien transparaître. Il n'avait pas l'air de se reprocher quoi que ce soit.

— Pourquoi ne pas m'avoir dit qui vous étiez la nuit

dernière ? demanda-t-elle encore. Vous avez menti. Par omission, mais vous avez menti.

Elle croisa les bras sur la poitrine, le mettant au défi de la contredire. Il n'en fit rien et n'essaya même pas de se défendre, ce qui était dommage : elle aurait adoré lui dire ce qu'elle pensait réellement de lui. Mais l'occasion se présenterait bientôt. À vrai dire, il avait l'air plutôt content de la laisser parler, usant du même stratagème que la nuit précédente. Ce qui n'avait pas joué en la faveur de Flora. Elle en avait beaucoup trop dit, pensant qu'il n'était alors qu'un étranger sans lien avec sa famille. Elle lui avait dévoilé ses faiblesses, ses peurs et ses secrets les plus honteux. Elle était une mauvaise mère et il le savait. Jamie paierait-il bientôt le prix de son imprudence ? Flora aurait dû garder la tête froide, mais elle était plutôt du genre à laisser sa colère exploser. Certains ne méritaient même pas le temps passé à échafauder une vengeance.

Ivo Greco appartenait à cette catégorie.

Il était aussi malfaisant que son grand-père. Elle n'avait pas oublié la lettre de menaces qu'il lui avait envoyée, pas plus que le fait qu'il avait tenté de l'acheter avec son argent sale.

Les poings sur la table, elle lui jeta un regard hostile. Pourquoi son corps réagissait-il dès lors qu'il l'observait ?

— La note est pour moi. Après tout, vous faites partie de la famille…

Elle se retourna et jeta par-dessus son épaule :

— Nous sommes fermés cette saison. Au revoir.

— C'est vous qui allez devoir partir d'ici. Il vous reste environ deux mois avant de mettre la clé sous la porte.

Flora s'immobilisa, folle de rage.

— Vous vous en moquez sans doute, mais cet endroit appartient à Jamie. C'est son héritage et je ne le laisserai pas péricliter.

Ivo hocha la tête.

— C'est bon à savoir. Écoutez, vous êtes contrariée, je le comprends, mais...

Flora écarquilla les yeux sous l'effet de la surprise. Ce type était incroyable ! *Contrariée ?*

— Je ne suis pas contrariée, je suis absolument furieuse !

Et la fureur lui allait bien, décida Ivo en laissant son regard s'attarder sur ses lèvres roses.

— Ne me dites pas que je n'ai aucune raison de l'être, reprit-elle. Je comprends maintenant pourquoi vous erriez dans la maison la nuit dernière ! Vous cherchiez des éléments à utiliser contre moi au tribunal ! Vous êtes peut-être plein aux as, mais je suis dans mon bon droit !

Ivo haussa un sourcil et l'interrompit, l'air amusé :

— Si vous pensez que le bon droit triomphe toujours, vous êtes bien naïve.

Flora sentit un frisson parcourir tout son corps.

— C'est une menace ?

Il ne répondit rien mais soutint fermement son regard, tandis qu'elle sentait la panique la gagner. Elle aurait voulu fuir, mais il fallait qu'elle garde son calme pour résister à sa tentative d'intimidation. Même si elle avait peur...

— Navrée de ne pas vous faciliter la tâche, reprit-elle d'un ton tranchant. Vous ne m'avez pas surprise en train de m'occuper du bébé ivre, ou au beau milieu d'une orgie !

L'image mentale que suscita l'évocation d'une orgie

avec cette rousse flamboyante retarda de quelques instants la réponse d'Ivo.

— Nous irions plus vite si vous cessiez vos fanfaronnades.

Elle lui jeta un regard méprisant.

— Vous n'avez montré aucun signe d'intérêt pour cet enfant depuis sa naissance et vous pensez que…

— Je ne savais pas qu'il existait, l'interrompit-il.

Flora cilla, prise de court.

— Vous croyez vraiment que je vais avaler ça ?

Ivo haussa les épaules, plus arrogant que jamais, et répondit d'un air dégagé :

— Vous croirez bien ce que vous voulez, ça ne me concerne pas, et je ne compte certainement pas vous fournir des documents détaillés prouvant ma bonne foi.

— Vous m'avez laissée parler de Sami et de Bruno et vous n'avez rien dit… C'est cruel.

— Mon grand-père est en train de mourir.

Ivo vit le visage de Flora s'affaisser, son expression s'adoucir. Si la situation avait été inverse, si Salvatore avait su que la femme qui s'opposait à sa volonté était au seuil de la mort, nulle compassion n'aurait teinté son regard.

— Je suis navrée de l'entendre, murmura-t-elle.

Ce n'étaient pas que des mots. Ivo la croyait. Maintenant, c'était lui qui se sentait coupable.

— Il souffre beaucoup ? s'enquit-elle.

Ivo cilla, comprenant qu'il ne le lui avait pas demandé.

— Je n'en sais rien. Il ne se confie pas à ce sujet.

Elle hocha la tête, comme si elle comprenait. Mais comment l'aurait-elle pu ? Flora Henderson était une de ces personnes qui croyaient encore à la bonté humaine et c'était là sa faiblesse. La règle était pourtant l'égoïsme, l'avarice et la défense de ses propres intérêts avant toute chose, quitte à piétiner ceux qui se trouvaient sur votre chemin. Il était inévitable qu'un jour ou l'autre la vie vienne lui rappeler comment les choses fonctionnaient réellement.

— Pourquoi êtes-vous venu ? demanda-t-elle.

— Salvatore veut voir son arrière-petit-fils avant de mourir.

— Ça n'a jamais été un problème. Votre grand-père n'a jamais voulu voir Jamie jusqu'ici, mais il voulait que je renonce à tous mes droits le concernant contre de l'argent. Je comprends mieux, maintenant, pourquoi Bruno a fui sa famille. Sami et lui voulaient…

Sa voix se brisa et elle baissa les yeux, avant de les relever vers lui, animés d'une lueur farouche, comme si elle le mettait au défi d'utiliser contre elle ses aveux de la nuit précédente.

— Je ne suis peut-être pas la meilleure des mères, mais j'aime Jamie et je ne compte certainement pas le vendre à qui que ce soit, comme un vulgaire objet. Je suis navrée que votre grand-père soit mourant, mais il n'aura pas ce qu'il veut.

Dio. Elle jouait toujours franc-jeu.

— Je comprends, se contenta-t-il de répondre.

Elle écarquilla les yeux, confuse.

— Vous comprenez ?

Le regard d'Ivo se promena sur la pièce, avant de revenir se poser sur son interlocutrice.

— Cet endroit compte beaucoup pour vous ?

Ils l'avaient construit. Pour Jamie.

— Bien sûr.

Le tremblement dans sa voix atteignit Ivo. Mais il poursuivit :

— C'est la vie que vous désiriez ? Quel âge avez-vous ? Vingt-cinq ans ? Vingt-six ?

Il était curieux de savoir si elle avait pensé à rejeter le fardeau que les circonstances lui avaient imposé.

— À vous de me le dire, vous qui semblez tout savoir, rétorqua-t-elle. Vous avez probablement un dossier sur moi.

— Un tout petit dossier, je vous rassure, dit-il avec un sourire. Mais ne vous inquiétez pas, il ne contient rien que Salvatore puisse utiliser contre vous. Il l'aurait déjà fait, sinon.

Il avait dit ces horreurs avec un tel détachement, comme si tout cela faisait partie d'un processus normal, que Flora ne sut que répondre. Ivo reprit :

— Je ne suis pas venu ici pour vous faire du chantage, ni tenter de vous acheter, ni même vous demander en mariage.

— Pardon ?

— C'est ce que veut mon grand-père. Si je vous épouse et que nous finissons par divorcer, j'obtiendrai la garde de Jamie.

Flora laissa échapper un rire nerveux.

— Vous n'êtes pas sérieux.

— Moi, non...

Il fallait pourtant reconnaître que le plan de Salvatore était génial dans sa simplicité. Bien sûr, il n'avait jamais envisagé de le mettre en œuvre, tout comme il n'imaginait pas un seul instant confier l'éducation d'un enfant si jeune à Salvatore. Plus que quiconque, Ivo savait ce que cela pouvait donner.

Flora grimaça en voyant son interlocuteur afficher un sourire moqueur.

— Pardon, je vous amuse ? Puis-je savoir pourquoi ? Au moins, je pourrai rire avec vous ! jeta-t-elle, sarcastique.

— Serait-il si terrible de se plier aux vœux d'un mourant ?

Ça n'était pas à lui de la protéger. Il fallait qu'elle s'endurcisse. C'était ainsi qu'on apprenait, ou bien la vie faisait de vous un pantin. Ivo n'était pas le seul être sans scrupule à la surface de la terre. Il ne lui avait pas fallu cinq minutes pour comprendre le plus grand défaut de Flora Henderson : elle ferait toujours « ce qu'il fallait ». Il n'avait qu'à la convaincre que sa stratégie était la bonne et elle s'y plierait par sens du devoir. Si elle le suivait en Italie, le reste coulerait de source. Lorsqu'elle aurait vu les avantages qu'il y avait à être un Greco, la vie qu'il pourrait offrir à cet enfant, elle ne pourrait que choisir la meilleure option : la sienne.

— Encore une fois, je suis désolée, mais c'est non.

Il haussa un sourcil et décida qu'il était temps de jouer franc-jeu.

— Vous savez que vous allez perdre cet endroit, n'est-ce pas ? Et ensuite, quoi ? Vous emménagerez avec le petit chez votre mère ? Vous y avez pensé, bien sûr, mais vous savez aussi qu'elle ne rajeunit pas, et qu'elle a déjà sacrifié une vie à élever ses filles. Alors quelle option vous reste-t-il ? Sans compter qu'il n'y a pas de travail, ici, pour une jeune architecte, ce qui vous forcera probablement à retourner vivre à Édimbourg. Ou Glasgow ?

— Je n'ai pas réfléchi…

— … Aussi loin ? acheva-t-il à sa place. Je le comprends,

mais il va falloir le faire lorsque le miracle que vous espérez se sera définitivement envolé. Prendrez-vous Jamie avec vous et devrez-vous le laisser tous les jours à la crèche, aux soins de mains inconnues ? Ou le laisserez-vous ici avec votre mère, qui peinera de plus en plus à s'en occuper ? Est-ce que Bruno et votre sœur voudraient cela pour leur bébé ?

Flora se mordit la lèvre, tentant de refouler ses larmes.

— Vous... Vous ne savez pas ce qui est le mieux pour Jamie, bégaya-t-elle.

— Et vous ?

Incapable de répondre, elle détourna le visage, fermant les yeux pour ne plus avoir à subir son regard sombre et dur.

Ivo n'avait plus qu'à achever la démonstration. Après tout, rien de ce qu'il disait n'était faux... C'était comme planter la dernière banderille dans le flanc d'un taureau.

— Pensez à quel point ce sera complexe, dans quelques mois, lorsque l'on vous aura mis à la porte parce que vous prenez trop de congés lorsque le bébé est malade. Croyez-vous qu'il me sera difficile de convaincre un juge, à ce moment-là ?

— Je peux toucher le chômage si je traverse une passe difficile. Il y a des aides de l'État pour les parents célibataires...

Ivo se leva d'un bond, son regard brillant d'une colère froide.

— Mon neveu n'aura jamais à surmonter quoi que ce soit ! C'est un Greco et il ne vivra pas de la charité publique !

— Un demi-Greco...

Sa provocation lui valut un coup d'œil assassin.

— Et si vous pensez pouvoir m'intimider…

— Je ne cherche pas à vous intimider ! Cela ne vous a pas effleuré l'esprit que je puisse être le miracle que vous attendez ? demanda-t-il abruptement.

— Je ne vois pas de miracle, quand je vous regarde.

Ivo eut un petit sourire et insista :

— Je suis sérieux.

— Parce que vous êtes de mon côté, bien sûr ! Vous, vous voulez que je garde Jamie…

Il n'allait pas acquiescer.

— Vous pourriez être la tante Flora, chez qui Jamie passe ses vacances et qui le couvre de cadeaux à son anniversaire…

— Vous êtes direct, en tout cas…

L'honnêteté était la meilleure tactique sur l'instant, mais il aurait pu mentir comme un arracheur de dents si nécessaire, pour parvenir à ses fins. Il hocha la tête.

— Je n'approuve peut-être pas les méthodes de Salvatore, mais je suis convaincu que Jamie devrait grandir en Italie. Je suis venu vous proposer un compromis, quelque chose qui vous arrange financièrement, afin que mon grand-père puisse mourir en paix.

Pour Salvatore, avoir la paix signifiait obtenir ce qu'il voulait.

Flora ne baissa pas sa garde. Le Greco qu'elle avait en face d'elle n'avait rejeté ni son héritage ni ses privilèges : il était aussi dangereux que son grand-père.

— À moins, bien sûr, que vous ne vous sentiez pas concernée par l'avenir de Jamie, ajouta Ivo.

Elle releva le menton.

— L'avenir de Jamie est ici.

— Ici, ou dans un appartement minuscule d'Édimbourg,

sans jardin, avec des voisins bruyants ? Et quelle éducation recevrait-il ? Priveriez-vous réellement Jamie de tout ce que je suis capable de lui offrir ?

Rien de ce qu'il disait n'était faux, ni exagéré. Flora tenta d'ignorer la boule de panique qui lui bloquait la gorge. Serein quant à l'issue de leur affrontement, Ivo poursuivit :

— Vous avez un problème, j'ai une solution. Une solution qui ne passe pas par un mariage de convenance, qui vous laisserait malheureuse pour le restant de vos jours.

Flora resta muette un long moment, songeant à quel point elle regretterait d'avoir cédé, puis finit par dire :

— Je vous écoute.

— Je propose que vous et Jamie me suiviez en Italie. Voyez cela comme des vacances.

— En Italie ? Et qu'est-ce que ça changerait ? De toute façon, je ne compte pas vous suivre où que ce soit !

Ivo plongea la main dans la poche, frôlant de ses doigts le petit sachet de velours qui contenait la bague.

— Et si vous me laissiez terminer ? Suivez-moi en Italie. En qualité de fiancée...

Flora réussit à maîtriser le flot d'injures qui lui montait aux lèvres et finit par lâcher :

— Vous êtes fou à lier !

— Calmez-vous...

— Je suis parfaitement calme.

— Je n'ai aucun désir de me marier, déclara-t-il avec gravité, mais j'aimerais connaître l'enfant de mon frère, et j'aimerais qu'il sache d'où il vient. Un jour, il fera un gros héritage.

— Jamie héritera ?

— Bien sûr ! Ça ne vous est jamais venu à l'esprit ?

Flora hocha la tête comme certains commentaires de sa sœur lui revenaient en mémoire. Bruno était quelqu'un de normal, mais son frère, en revanche, ne l'était pas. Il avait toujours vécu dans l'opulence depuis son plus jeune âge et aujourd'hui c'était lui qui dictait les règles.

— Mon grand-père est trop âgé pour changer d'avis et je ne vois pas de raison de ne pas lui accorder ce qu'il demande. Du moins en apparence. Laissons-le penser que nous nous marions.

— Mais qu'est-ce qui a bien pu le convaincre que j'accepterais de vous épouser, que nous...

Elle baissa les yeux, embarrassée, avant d'ajouter :

— ... que nous tomberions amoureux...

— Il se moque des détails, tant que cela arrive. Et je vous rassure tout de suite : mon grand-père sait très bien que je ne tombe pas amoureux.

La confiance avec laquelle il asséna ce dernier point, comme s'il s'était agi d'une formule chimique incontestable, arracha un rire à Flora.

— Eh bien, j'imagine que c'est bon à savoir. Au moins n'aurai-je pas à jouer les fiancées éperdues d'amour...

À quoi ressemblerait-elle, éperdue d'amour ? songea Ivo, imaginant les lèvres roses de son interlocutrice gonflées par ses baisers et ses yeux bleus resplendissants de passion. Lorsqu'il répondit, sa voix était rauque.

— Salvatore ne s'intéresse qu'aux droits parentaux que procurera le mariage, pas à l'union de deux âmes sœurs. Donc, c'est oui ?

Sa plaisanterie la fit sourire.

— Même pas un « peut-être ».

C'était pourtant ce qu'elle lui offrait, et ils en avaient tous deux conscience.

— Voilà ce que je propose : revenez avec moi, faites semblant d'être ma fiancée. Laissez Salvatore rencontrer son arrière-petit-fils et, moi, je m'occupe de vos dettes, ce qui vous laissera le choix de poursuivre votre affaire ou de la revendre tranquillement. L'unique autre option, c'est la banqueroute, nous le savons tous les deux.

— Qu'est-ce que je dirai aux gens ? À ma mère ?

Percevant une lueur de triomphe dans son regard, elle se hâta d'ajouter :

— Je n'ai encore rien accepté.

— Ce serait votre décision. Vous seriez libre de faire et dire ce que vous voudriez.

Tous deux savaient qu'elle retardait l'inévitable.

— Si vous voulez dire la vérité, libre à vous, conclut-il. Si vous préférez une version qui vous convienne mieux, le choix vous appartient.

— Vous êtes meilleur que moi lorsqu'il s'agit de travestir la vérité.

— La dernière volonté de mon grand-père est de voir son arrière-petit-fils et vous allez le lui amener. C'est quelque chose que votre mère pourrait comprendre, n'est-ce pas ?

Il avait raison, songea Flora. Sa mère l'accepterait très bien. Son mur de défense s'écroulait et elle n'avait plus de raison légitime de se battre.

— Quant à vos problèmes financiers…

— Ma mère n'en sait rien. Personne ne sait…

Elle lui jeta un regard furieux, avant de se reprendre :

— Enfin, c'est ce que je croyais.

— Et vous n'avez jamais cherché à obtenir de l'aide ?

Sa question était stupide, songea-t-il juste après l'avoir posée. Elle était bien trop bornée et chérissait par trop son indépendance pour accepter que quiconque la sorte d'une mauvaise situation.

— Quelqu'un vous a déjà parlé des conséquences de cette politique de l'autruche ? lança-t-il face à son silence buté.

Le sarcasme la fit réagir.

— Si je devais accepter cet... arrangement, j'aurais quelques exigences.

Ivo haussa un sourcil.

— Comme...

— J'aurais besoin... de mon propre espace.

Il sourit.

— La place n'est pas un problème, mais vous ne parlez pas de mètres carrés, n'est-ce pas, *cara* ? Vous parlez de la chambre à coucher. Ne vous inquiétez pas, vous aurez votre propre suite. Quant à moi, sachez que je ne rentre jamais dans la chambre d'une femme sans y avoir été expressément invité. C'est votre seule exigence ?

— Je demanderais bien un peu de courtoisie, mais je suis réaliste, cela n'arrivera pas.

Son rire chaud et franc la fit frémir délicieusement.

— Lorsque j'aurai décidé de repartir, vous n'essaierez pas de m'en empêcher ? De nous retenir, moi ou Jamie ?

— C'est vous qui tenez les rênes.

Elle fronça les sourcils. C'était presque trop facile.

— Alors j'imagine que...

— C'est un oui, vous êtes d'accord ?

— Mais comment allons-nous...

Froide comme la glace, la voix d'Ivo trancha net :

— Vous êtes d'accord ? Si oui, laissez-moi m'occuper des détails.

— Je suis d'accord, acquiesça-t-elle finalement.

Comment faire taire le sentiment persistant qu'elle venait de vendre son âme au diable ?

6

S'il avait montré un quelconque signe de suffisance, Flora l'aurait probablement giflé, mais il n'en fit rien. Son beau visage s'inclina vers elle :

— Quarante-huit heures, ça vous va ?

— Pour faire quoi ?

Ivo ricana.

— Pour organiser votre départ.

Flora écarquilla les yeux.

— Si vite ? Mais... Je pensais que...

— Que je vous laisserais le temps de changer d'avis ?

Elle fronça les sourcils.

— J'ai dit que j'acceptais.

— J'ai donc votre parole et elle vous lie. C'est bon à savoir, mais la situation est urgente. Salvatore est mourant.

Ivo ne pouvait connaître les pensées de Flora, mais la culpabilité était parfaitement lisible sur son visage. Elle n'était pas faite pour le poker, songea-t-il avec ironie. Elle aurait pu remettre en question l'agonie supposée de son grand-père, mais sa prévenance l'en gardait, ce qui arrangeait bien Ivo. Lui-même ne savait pas où en était réellement le vieil homme. À vrai dire, il n'aurait pas été surpris d'apprendre qu'il s'agissait d'une manipulation de plus de la part de son aïeul à l'esprit retors. Cependant, le plus important restait de ramener Flora et Jamie en Italie ; il s'occuperait du reste plus tard.

— J'ai des affaires à régler à Londres, reprit-il. Faites vos bagages et ceux du petit, et je reviendrai vous chercher.

Dans sa bouche, tout semblait simple, comme si l'on pouvait mettre sa vie entre parenthèses en espérant que tout serait inchangé au retour.

— Mais l'hôtel... Les réservations... Nous avons des dates prévues pour des manifestations avec des artistes locaux, des artisans...

— Oui, j'ai vu tout cela. Bonne stratégie marketing. J'achète l'ensemble. Ça vous va ?

Flora cilla, désarçonnée par la décontraction de son interlocuteur.

— Cette sculpture, là...

Elle montra du doigt l'embrasure de la fenêtre, où était posée une élégante statuette. Ivo hocha la tête.

— Jolie.

— Et chère. Neil, l'artiste, en a cinq autres par ici.

— Elles sont bien là où elles sont. Je les achète et je les laisse en place.

— C'est ça, votre plan miracle ? Enfouir les problèmes sous une montagne de fric ?

— Ça vous dérange ?

Flora baissa les yeux. Si elle répondait par l'affirmative, il pourrait la taxer d'hypocrisie. Après tout, elle ne se plaignait pas de l'argent qu'il était sur le point de dépenser pour elle...

— Très bien, conclut-il. Envoyez-moi les détails par mail et je m'arrangerai pour les remboursements des clients et ce genre de choses. On leur offrira des vacances l'année prochaine, tous frais payés, ça devrait calmer les mécontents.

Il contrait ses arguments les uns après les autres, comme on ferait tomber les pièces d'un jeu d'échecs, mais le désespoir ne la quittait pas pour autant. Était-il aveugle à la montagne d'obstacles qui se dressaient devant eux, ou les ignorait-il délibérément ? Elle n'aimait pas qu'on la déleste de ses responsabilités.

— Mais comment allons-nous justifier la fermeture de l'établissement ?

— Je trouverai un prétexte plausible, ne vous inquiétez pas. Bien… Je serai de retour vendredi.

Il se dirigea vers la porte et se retourna sur le seuil.

— J'oubliais…

En trois pas, il fut devant elle et lui saisit délicatement le poignet, puis il retourna sa main.

Interdite, Flora le laissa opérer et contempla l'étrange ballet de ses doigts sur les siens. Lorsqu'elle sentit la bague dans sa paume, elle en eut le souffle coupé.

— Qu'est-ce que c'est ? parvint-elle à articuler.

Il aurait pu répondre par un sarcasme, mais choisit de n'en rien faire et glissa la bague à son annulaire.

— Croyez-moi bien, *cara*, je ne pensais pas faire ce genre de choses un jour.

Il n'avait jamais été attiré par le mariage mais, même dénué de sentiment, le moment avait une force symbolique qui lui noua l'estomac.

— Bien sûr, vous avez un peu plus d'expérience que moi en la matière…

Flora fixa tour à tour l'anneau orné d'un diamant

étincelant et les pupilles de son interlocuteur, plus brillantes encore.

De quoi parlait-il ? Oh... De Callum, bien sûr... La demande de son ex était si travaillée qu'on aurait dit qu'il l'avait répétée pour un spectacle. Sa performance n'avait pas tourné la tête de Flora : au contraire, elle s'était concentrée pour ne commettre aucun impair qui puisse gâcher la perfection de l'instant.

L'ironie, bien sûr, était que Callum jouait bel et bien la comédie à ce moment-là. Ivo, lui, ne mentait pas : il ne lui offrait rien d'autre qu'un accessoire et avait déjà précisé qu'il ne se sentait pas concerné par les histoires d'amour.

Elle-même ne ressentait aucun sentiment à son endroit. C'était impossible. Non, c'était une attirance physique, quelque chose qui avait à voir avec leurs phéromones, rien d'autre. Mais cette attirance était cent fois plus forte que ce qu'elle avait pu ressentir pour son ex-fiancé !

— Vous gardez toujours un diamant sur vous, au cas où ? ironisa-t-elle.

— J'aime être préparé à toute éventualité.

— Peut-être devrais-je relire le dossier que vous avez sur moi ? Je ne voudrais pas que vous fassiez erreur sur la personne.

— Si vous avez du mal à dormir, je vous le recommande. Rien de plus banal.

— Parce que *votre* vie est absolument fascinante ?

— Vous êtes sur le point de le découvrir, *cara*. Soyez prête à mon retour, vendredi.

— Jeudi, je préfère.

À vrai dire, le jeudi ne l'arrangeait pas du tout. Mais elle venait de reprendre la main, c'était l'essentiel.

Ivo étudia son visage, l'ombre d'un sourire flottant sur ses lèvres. Finalement, il répondit avec le plus grand sérieux :

— D'accord, *cara*. À jeudi.

Flora emmena Jamie dire au revoir à sa grand-mère, prenant le temps nécessaire pour être de retour lorsque Ivo viendrait la chercher. Rongée par la culpabilité à l'idée de mentir à Grace, elle avait fini par adopter une demi-vérité. Sa mère, très portée sur la famille, avait reconnu qu'il était naturel que Jamie rencontre la branche italienne, même s'il allait bien lui manquer. Heureusement, la sœur de Grace arrivait d'Australie pour la voir, et ainsi elle ne serait pas seule tant qu'elle aurait encore besoin de sa béquille. Lorsque Flora l'embrassa, elle se rendit compte qu'elle avait dû beaucoup parler d'Ivo, car sa mère lui dit à l'oreille :

— Je sais que tu as souffert, ma Flora. Cet idiot de Callum t'en a fait voir de toutes les couleurs, mais tous les hommes ne sont pas comme lui.

Flora finit d'attacher Jamie dans le siège enfant.

— Tout va bien, maman. Pourquoi me dis-tu cela ?

— La manière dont tu parlais du frère de Bruno…

Flora repensa à ses propos. S'était-elle épanchée à ce point ?

— Tu fais ce que tu veux, bien sûr, reprit sa mère, mais sache que, selon mon expérience, il y a une grande différence entre les arrogants qui s'écoutent parler des heures, et ceux qui ont tranquillement confiance en eux mais qui restent à l'écoute de tes opinions…

Elle posa sa béquille contre la voiture et prit Flora dans ses bras pour une dernière étreinte.

Certains appréciaient la musique lorsqu'ils conduisaient. D'autres, la présence de passagers. Ivo n'aimait ni l'un ni l'autre. Il goûtait la solitude de la route, l'excuse légitime que sa conduite lui donnait pour ignorer les mails, messages et autres appels du monde extérieur. Mais il y avait deux personnes dans sa voiture, qu'il lui était difficile d'ignorer. La courtoisie, bien sûr, l'obligerait à répondre si Flora lui adressait la parole, mais il n'allait pas non plus encourager la conversation. Et encore moins l'initier.

À l'arrière, le bébé s'était endormi à l'instant où on l'avait posé dans son siège. Flora, elle, restait silencieuse.

— Tout va bien ? finit-il par demander.

Flora jeta un coup d'œil à Jamie.

— Oui.

Puis son regard s'absorba de nouveau dans le paysage qui défilait par la fenêtre. Un silence tendu s'installa dans l'habitacle pendant une bonne dizaine de minutes, avant qu'Ivo ne se sente obligé d'ajouter :

— Les bébés, ça ne voyage pas léger…

Charger la voiture avait pris des allures d'opération militaire, malgré le peu de bagages qu'avait emportés Flora pour elle-même.

— En effet.

Cette fois-ci, elle n'avait même pas tourné la tête vers lui. Il serra les dents. Elle était délibérément hostile. Ils n'échangèrent plus un mot pendant un long moment puis, comme ils approchaient de l'aéroport, Flora lâcha :

— Je me demandais si je n'étais pas en train de faire une erreur monumentale, la plus grosse de ma vie.

Ivo haussa un sourcil et répondit :

— Je suppose qu'il faudrait comparer avec votre dernière grosse erreur...

L'ombre d'un sourire passa sur les lèvres de Flora, avant qu'elle n'avoue :

— C'était très stupide, j'admets.

Tomber amoureuse de Callum avait été stupide. Croire qu'il l'aimait en retour, encore plus. Idolâtrer quelqu'un à quinze ans était une chose et elle n'était pas la seule jeune fille du coin à être tombée amoureuse du héros local, devenu footballeur. Mais elle était la seule à l'avoir revu quelques années plus tard, à Édimbourg. Elle s'était sentie flattée lorsqu'il l'avait reconnue et invitée à dîner.

Un mois plus tard, il la demandait en mariage. Elle avait accepté, sur un petit nuage mais, avant même qu'elle n'ait eu le temps d'informer ses proches, tout était terminé. Au moins n'avait-elle pas été publiquement humiliée. Elle jeta un nouveau coup d'œil à Ivo. Combien de cœurs avait-il brisés ? Trop pour en tenir le compte ? Se souvenait-il au moins du nom des femmes qu'il avait laissées derrière lui ?

Un cahot sur la route la ramena à la réalité, et elle porta inconsciemment la main à son annulaire droit.

Elle n'avait pensé à enlever la bague d'Ivo qu'au dernier moment, en arrivant chez sa mère. Elle l'avait prestement fourrée dans son sac à main.

Son sac à main... Paniquée, elle sursauta. Est-ce que...

Ivo tourna la tête, intrigué.

— Que se passe-t-il ?

Le cœur battant, Flora murmura quelque chose avant de renverser le contenu de son sac sur ses genoux.

— La bague, elle… C'est une vraie ?

— Vous êtes en train de me demander si je vous ai offert une fausse bague ? Pour qui me prenez-vous ?

— Je n'étais pas sûre que… Ah, Dieu merci !

Elle laissa échapper un soupir de soulagement comme ses doigts se refermaient sur le bijou qu'elle glissa à son annulaire.

— Elle vous va bien, observa Ivo.

— Oui, mais je la préférerais dans un coffre à la banque.

— Sa place est à votre doigt, pas au fond d'un coffre.

— Je pensais l'avoir perdue. J'ai failli faire un arrêt cardiaque.

— Ce n'est qu'une bague.

Elle le fixa, surprise par sa décontraction.

Callum n'avait eu aucun scrupule à reprendre sa bague, lui. Elle se souvenait encore de son air indigné quand il l'avait accusée de l'avoir piégé, de lui avoir caché la vérité.

— Les enfants, la famille, sont la seule raison de se marier, avait-il déclaré.

— Et l'amour, non ? avait tenté Flora, amère.

Il lui avait ri au nez :

— Il y a une foule de femmes à aimer. Une épouse, c'est différent. On la contemple de loin, elle est sur un piédestal.

Elle ne savait pas si sa femme, épousée moins de deux mois après leur rupture, avait fini sur un piédestal, mais elle savait que celle-ci vivait désormais dans un gigantesque manoir, tandis que de nombreuses autres donnaient à Callum ce dont il avait besoin par ailleurs...

Sa femme devait connaître la vérité à propos de ses maîtresses. Callum n'était pas discret et il était constamment en contact avec la presse. Mais la sublime blonde qu'il avait épousée savait-elle que l'anneau qu'elle portait avait été glissé au doigt d'une autre avant elle ?

À l'époque, Flora avait cru mourir. Aujourd'hui, elle remerciait sa bonne étoile de lui avoir épargné une vie de misère affective...

— Arrêtez de vous inquiéter, Flora.

Elle releva les yeux, croisa le regard d'Ivo et rétorqua :

— Facile à dire, pour vous !

Ivo serra les mains sur le volant. Elle venait encore de lui tenir tête. Les femmes qu'il fréquentait roucoulaient d'aise à ses côtés, et voilà que cette tornade rousse se saisissait de toutes les occasions pour lui faire des reproches ! Mais avant qu'il ne puisse réagir, un gémissement se fit entendre sur le siège arrière.

Flora se retourna et calma le bébé. Heureusement pour Ivo, l'aéroport était en vue. Dès qu'il fut garé devant le petit terminal, une armée d'employés surgit pour s'occuper de leurs bagages. Leur progression à travers les douanes fut tout aussi rapide et, quelques instants plus tard, ils montaient à bord du petit jet privé.

Ivo la convia à s'installer, avant de disparaître dans un autre compartiment de l'appareil. Derrière elle, deux femmes en uniforme préparaient le berceau qui accueillerait l'enfant. Flora s'était renseignée sur les voyages aériens avec un bébé et passa une bonne partie du voyage à nourrir Jamie, qui ne semblait pas souffrir outre mesure du changement de pression atmosphérique. Elle venait de le changer et de lui chanter une berceuse lorsque Ivo réapparut. Il n'était pas seul.

— Je vous présente Cristina.

Une jeune femme blonde d'une vingtaine d'années lui décocha un sourire éclatant et Ivo reprit :

— C'est une des nounous.

— Comment ça, une *des* nounous ?

Le pluriel la choquait presque autant que l'information elle-même.

— Eh bien, il y a Emily, principalement, mais aussi…

Flora l'interrompit :

— Si vous pensez que je vais confier Jamie à qui que ce soit, vous vous méprenez !

Ivo étudia son visage, avant de se retourner et de donner un ordre en italien à la jeune femme, qui battit en retraite.

— J'essaye de vous faciliter la vie, observa-t-il une fois qu'ils furent de nouveau seuls.

Il avait du mal à maîtriser son énervement.

Flora posa une légère couverture sur le bébé et hocha la tête. Un instant subjugué, Ivo dut se retenir pour ne pas écarter d'un doigt les mèches tombées devant ses yeux.

— Vous n'essayez pas de me faciliter la vie, vous essayez d'en prendre le contrôle, Ivo.

Si elle le laissait faire, il finirait par lui dicter ce qu'elle devait porter. C'était typique de ce genre d'hommes.

— Qu'y a-t-il de mal à avoir une nourrice ?

Peu habitué à prendre en compte d'autres avis que le sien, Ivo avait raisonné de manière pragmatique. Le voyage comme le séjour avaient été organisés pour éviter le plus de stress possible à Flora et à l'enfant. Il n'avait pas agi parce qu'il tenait à elle, mais par sens pratique.

Et puis, il n'avait que faire de sa gratitude. Son but était de garder Jamie. Peut-être n'obtiendrait-il pas l'enfant sans elle mais, si elle décidait de rester, il ferait en sorte que son séjour soit temporaire.

Les lèvres pincées, Flora finit par répondre :

— Il n'y a rien de mal à avoir une nourrice, bien sûr, quand on vit au XIXe siècle. Je m'occuperai de mon neveu moi-même.

À en juger par l'expression dure d'Ivo, le coup avait porté.

— Connaissez-vous le sens du mot « déléguer » ?

— Et « consulter » les autres, ça vous parle ? rétorqua-t-elle du tac au tac. Je vous préviens, pour ce qui concerne Jamie, c'est moi qui prends les décisions. C'est clair ?

Il faillit s'étrangler lorsqu'il lança :

— Vous venez de m'adresser un ultimatum ?

— Vous commencez à comprendre. Vous n'êtes pas aussi stupide que vous en avez l'air.

Flora sut qu'elle avait dépassé les bornes. Mais il n'y avait plus de retour en arrière possible...

Ivo resta muet, ses yeux plantés dans ceux de Flora. Les couleurs qui empourpraient son visage avaient disparu pour laisser place à une pâleur de cire.

— J'aurais dû en discuter avec vous, lâcha-t-il subitement. Simplement, je pensais...

— Que les bébés ont des légions de gouvernantes et qu'ils vivent dans des nurseries ?

— À peu près.

— Et regardez où ça vous a mené ! lança-t-elle en souriant.

Il sourit à son tour d'un sourire éclatant, à couper le souffle. Ce type n'avait rien d'autre à faire pour séduire, songea Flora qui, en proie à une foule de sentiments contradictoires, lâcha la première chose qui lui passait par l'esprit :

— Quel âge aviez-vous quand vos parents sont morts ?

Le sourire disparut sur le visage d'Ivo, remplacé par un masque indéchiffrable qu'elle ne connaissait que trop bien. Flora baissa les yeux. C'était comme si un vent froid s'était engouffré dans l'appareil.

— Je n'avais que quelques mois quand ma mère est morte. Un cancer du sein. Elle l'a appris pendant sa grossesse, mais elle a refusé la chimiothérapie jusqu'à ce que je naisse. On peut dire que je l'ai tuée. Mon père ne s'est pas privé de m'en accuser.

Il s'en était excusé le lendemain, le visage ravagé de larmes, répétant en boucle qu'il ne pensait pas ce qu'il disait et qu'il avait trop bu. C'était un souvenir qu'Ivo s'était empressé de refouler, mais il suffisait d'une haleine chargée d'alcool, à un cocktail ou à une soirée, pour que sa mémoire olfactive le lui rappelle.

— Il faut être parfaitement stupide pour dire ce genre de choses ! répondit-elle, outrée.

Comment pouvait-on laisser croire ça à un enfant, et le laisser grandir avec ce poids sur les épaules ? Flora sentit les larmes lui monter aux yeux et se tourna vers le bébé.

Elle ne connaîtrait jamais le bonheur de serrer son propre enfant contre elle, mais elle pouvait imaginer ce que signifiait être prête à tout sacrifier pour la vie qu'on avait portée neuf mois durant.

— Je me souviens de mon père, murmura-t-elle. Même si je me dis parfois que ce ne sont que des souvenirs construits sur les récits de ma mère et de Sami...

Perdu dans ses pensées, Ivo dit :

— Mon père buvait et pleurait sans cesse. Il passait sa vie au lit, et puis il s'est tué parce qu'il ne pouvait pas continuer sans elle.

— Pauvre homme, murmura-t-elle en pensant aux enfants qui avaient grandi entourés de gouvernantes, sous le regard dur d'un grand-père qui, à en croire sa réputation, n'avait pas une once de tendresse en son cœur.

— Pauvre homme ?

Ivo se redressa, la dominant de toute sa hauteur.

— Je dirais plutôt que c'était un faible, lâcha-t-il avant qu'une ombre ne passe sur son visage et qu'il ajoute : Faire ce geste en présence d'un enfant...

— C'est... C'est vous qui l'avez découvert ?

Ivo planta son regard dans le sien.

— J'ai du travail. Si vous avez besoin de quoi que ce soit, faites-le-moi savoir, conclut-il d'un ton cassant, avant de s'engouffrer dans un autre compartiment du jet.

Flora resta seule avec son bébé endormi et l'image d'un autre petit garçon, pétrifié, immobile face à une scène qu'aucun enfant ne devrait jamais avoir à contempler.

7

— Vous m'arracherez la tête si je vous propose mon aide ?

Flora sursauta. Occupée à réajuster le chapeau de soleil sur le crâne du bébé, elle ne l'avait pas entendu arriver. Lorsqu'elle se retourna, ils se touchaient presque. Un frisson violent la secoua.

— Alors ? reprit Ivo.

Flora haussa les épaules. Le dialogue entre eux semblait difficile. La conversation qu'ils venaient de mener avait cependant révélé Ivo sous un jour nouveau, plus vulnérable.

— Ça va aller, merci, répondit-elle, agaçant prodigieusement Ivo.

— Vous êtes nerveuse à l'idée de ce qui nous attend, non ?

Il recula d'un pas et elle respira mieux, libérée de son emprise. Le problème venait-il d'elle, ou de lui ?

— Est-ce que j'ai le temps de me rafraîchir ?

Le regard d'Ivo s'attarda quelques instants sur ses lèvres pleines.

— Selon moi, vous êtes très bien, mais si vous avez besoin de quelques minutes...

Elle hocha la tête, le rouge aux joues.

— Non, merci. Ça ira.

Ivo la contempla de nouveau alors qu'elle caressait distraitement la poussette du bébé. Elle était splendide. Il aimait la regarder. C'était une faiblesse qu'il admettait volontiers, mais il préférait la regarder plutôt que de la laisser envahir son esprit, lorsqu'elle n'était pas en sa présence. Il en avait trop dit, tout à l'heure, et il ne savait toujours pas ce qu'il lui avait pris. Après leur conversation, il était allé se réfugier dans le cockpit et, tout en parlant au pilote, avait cherché à comprendre pourquoi Flora faisait resurgir des émotions enfouies en lui depuis longtemps. Ça ne se reproduirait plus.

Elle avait attaché ses cheveux en un chignon lâche, d'où s'échappaient quelques mèches bouclées qui encadraient l'ovale de son visage. Sa robe légère, blanche, mettait en valeur ses bras fins et ses jambes incroyables.

— Allez-vous accepter que je vous aide, à la fin ?

Flora se redressa et replaça une mèche de cheveux derrière son oreille. À chaque fois qu'il voyait ce geste inconscient, Ivo était pris d'une furieuse envie de défaire son chignon pour laisser la cascade bouclée retomber librement sur ses épaules. Dans la poussette, Jamie babillait joyeusement en agitant ses petits pieds.

— Vous voulez qu'on se partage les marches pour descendre sur le tarmac ? Je souligne que je suis en train de vous consulter, comme vous l'aviez requis, ironisa-t-il.

Ignorant son sarcasme, Flora fit signe du menton aux deux hommes en uniforme qui attendaient pour aider au débarquement.

— Que se passe-t-il ? demanda-t-elle en voyant l'air contrarié d'Ivo.

— Rien. Nous allons devoir passer le premier test.

Elle haussa un sourcil. Un test ?

— Nous sommes censés être amoureux, je vous le rappelle.

Ramenée à la réalité, elle tenta d'adopter le même ton détendu que celui d'Ivo.

— Je croyais que votre grand-père se moquait de l'amour. Ou était-ce vous ?

En guise de réponse, Ivo plaqua fermement une main dans le bas de son dos pour la pousser jusqu'à la porte de l'appareil.

— Ma veste ! protesta Flora.

Elle n'en avait pas besoin. L'air conditionné de l'avion fit place à la chaleur moite de l'Italie et elle leva la main pour se protéger du soleil. La poussette l'attendait au bas de l'escalier, entourée d'une petite foule. *Super*, songea-t-elle, *un comité de réception !* Il ne manquait plus que la fanfare et les élus locaux...

— Vous auriez pu me prévenir qu'il y aurait...

Elle s'interrompit. La main d'Ivo venait de quitter sa taille pour remonter le long de sa nuque, avant de jouer avec les mèches de ses cheveux. En tournant son visage vers lui, elle comprit qu'il était sur le point de l'embrasser.

Lorsque leurs lèvres se trouvèrent, elle cessa de penser. Il l'embrassa longuement, doux et possessif à la fois. Le message qu'il envoyait à tous ceux massés au bas de l'avion était clair : « Elle est à moi. »

Flora ne les regardait pas. Tous les sens en alerte, elle ne pensa pas un seul instant à lui résister. Le désir qui montait en elle était terrifiant, plus intense que ce qu'elle avait jamais connu. Les bras d'Ivo semblaient faits d'acier, et l'emprisonnaient contre son corps. Lorsqu'elle sentit son sexe dressé contre le tissu de son pantalon, elle crut devenir folle.

Subitement, il brisa leur étreinte et ce fut comme si on l'avait plongée dans une piscine d'eau glacée. Elle n'arrivait pas à retrouver son souffle.

Il prit son bras.

— Tout va bien ? La première impression est capitale, murmura-t-il dans son cou. Il y a des gens ici qui feront bientôt leur rapport à mon grand-père.

Au bas de l'appareil, Jamie gazouillait à tue-tête dans sa poussette, cherchant à attirer l'attention.

— Jamie...

Ivo hocha la tête. À quel moment s'était-il convaincu qu'il était en pleine possession de ses moyens ? Il se conduisait comme un adolescent ou, pire encore, comme son père. Une telle pensée avait au moins l'avantage de le refroidir rapidement.

Flora l'écouta alors qu'il donnait quelques ordres en italien au personnel du jet, avant de la rejoindre.

— Pardon, murmura-t-il.

— Pour le baiser ? demanda-t-elle d'une voix amusée.

Était-il vraiment désolé ? se demanda-t-il. Il y aurait eu de quoi... Elle représentait tout ce qu'il avait toujours fui, le genre de femme à laquelle on s'attachait. Or il n'était pas le genre d'homme à se lier. Entre eux, c'était de l'alchimie sexuelle, rien de plus.

— Je suis sûre que vous adorez ce genre de petites performances en public, reprit-elle, mais ne recommencez pas...

— Venez, suivez-moi. Attention, l'escalier est raide...

Les présentations, puis la foule qui se fendait devant eux, jusqu'à l'une des six 4x4 noires qui les attendaient, tout cela passa comme dans un songe. Était-ce ce que l'on ressentait au quotidien, lorsqu'on était célèbre ? Elle avait salué des gens qu'elle n'avait jamais vus et ne reverrait jamais, souri sans raison, adopté une conduite appropriée, comme une actrice en représentation.

Une fois dans la voiture, Ivo adressa quelques mots au chauffeur, et la vitre qui séparait l'habitacle remonta silencieusement. Il soupira et se renversa dans son siège.

— Ça s'est bien passé...

Flora sortit un jouet de son sac et entreprit de distraire Jamie. La proximité d'Ivo la déstabilisait. Il n'y avait plus qu'à espérer que le trajet serait court.

— Je pense que nous avons deux façons différentes de... de gérer cette situation, dit-elle.

— Vous faites allusion au baiser ?

Il tourna son visage vers elle, la nuque toujours reposée contre l'appuie-tête.

— Oui, le baiser, confirma Flora.

Il avait franchi une limite de plus, mais monter le tout en épingle ne ferait qu'empirer les choses. Il ne fallait pas qu'il se rende compte de ce qu'elle avait ressenti.

— Vous préférez que je vous demande, la prochaine fois ?

— Je ne suis pas contre. Une demande en trois exemplaires...

En entendant son rire, Flora ressentit le picotement habituel sur sa peau. Tout naturellement, Ivo leva la main pour lui caresser la joue.

— Vous avez un goût de framboise, observa-t-il, rêveur.

Flora lutta contre l'envie de s'abandonner. Elle se renfonça dans son siège, le souffle court.

— Et maintenant, quel est le programme ?

— Essayez de vous reposer.

Le regard de Flora se posa sur Jamie.

— Je ne pourrai pas. J'imagine que je peux paraître un peu trop protectrice.

Ivo éclata de rire.

— C'est peu dire !

Elle haussa les épaules.

— Jamie est sous ma responsabilité. C'était la première fois qu'il prenait l'avion, je me faisais du souci.

Pas assez, en fait. La possibilité que la légère défaillance du cœur de l'enfant, détectée à vingt semaines de grossesse et confirmée à l'accouchement, puisse poser un problème à haute altitude ne l'avait pas effleurée tout de suite. Bien sûr, elle avait immédiatement contacté le pédiatre qui l'avait rassurée : il n'y avait aucune raison que Jamie ne puisse pas faire un trajet en avion.

— Les bébés voyagent très bien par les airs, fit observer Ivo d'un ton légèrement narquois qui la fit réagir à la seconde.

— Pas ceux qui souffrent d'une défaillance cardiaque.

Le sourire d'Ivo s'effaça.

— Une défaillance ?

Il prit une longue inspiration, avant de demander d'un ton accusateur :

— Pourquoi est-ce que je ne l'apprends que maintenant ?

— Probablement parce que vous n'avez jamais demandé ? rétorqua Flora, irritée.

Ivo ne répondit rien, sous le choc. Il ne s'attendait pas à l'élan protecteur qui l'avait assailli sans prévenir.

— Et euh… C'est… C'est grave ? finit-il par articuler.

— Relativement. Ils ont trouvé une petite défaillance, au scanner des vingt semaines de grossesse de Sami. Une communication interventriculaire, comme ils disent. C'est comme un trou dans le cœur. Parfois ça disparaît à la naissance, mais ça n'a pas été le cas pour Jamie. Il est suivi par l'un des meilleurs cardiologues de la région.

Ivo dut fournir un effort surhumain pour ne pas assaillir Flora de questions. Il fallait qu'il la laisse parler.

— C'est plus commun qu'on ne le croit, poursuivit-elle. Parfois, pour des cas plus sérieux, on a recours à une intervention chirurgicale, mais ça n'est pas nécessaire pour Jamie. Il y a de bonnes chances que le trou se referme de lui-même, au fil des ans. Alors on attend. Pour l'instant, il ne montre aucun symptôme inquiétant.

— Donc il n'est pas en danger immédiat.

— Non. Les docteurs sont assez confiants.

— Mais vous ne l'êtes pas, compléta-t-il. Il faut réussir à vous détendre. Les bébés ressentent le stress.

Comme Flora lui jetait un regard surpris, il ajouta :

— J'ai fait quelques recherches…

L'air presque embarrassé qu'il affichait la fit sourire.

— J'ai fait bien des recherches, moi aussi, au début… Je ne savais rien des bébés. Je ne pensais pas devenir mère un jour, je n'avais fait aucun plan dans ce sens. Je vivais au jour le jour.

Elle parlait comme si ses diplômes et sa carrière lui étaient tombés dessus par accident.

— Vous êtes modeste… C'est une qualité rare, de nos jours.

— Et que vous ne devez pas voir quand vous vous regardez dans le miroir.

Prenant soudain conscience d'être allée trop loin, elle porta la main à sa bouche. Trop tard…

— Pardon, s'excusa-t-elle. Je ne voulais pas être insultante.

Une lueur amusée passa dans les yeux d'Ivo, qui répondit simplement :

— Dieu me protège du jour où vous choisirez délibérément de m'insulter… Oh ! d'ailleurs, il va falloir prendre l'habitude de nous tutoyer… Question de crédibilité.

Flora opina du chef et Ivo, satisfait de la voir acquiescer pour une fois sans rien dire, reporta les yeux sur le bébé qui reposait paisiblement.

— Il dort. *Tu* devrais en profiter pour dormir un peu, toi aussi.

— Je ne pourrai pas, répéta-t-elle une nouvelle fois.

Quelques instants plus tard, son souffle régulier emplissait l'habitacle. Elle s'était assoupie.

8

— J'ai dormi ! s'exclama Flora, incrédule, en ouvrant les yeux.

Son regard se porta immédiatement sur le bébé, qui n'avait pas bougé. Elle pouvait se détendre.

Quand s'était-elle relaxée pour la dernière fois ? songea Ivo. Il referma son ordinateur. Il n'avait pas réussi à travailler, mais la beauté du visage endormi de Flora valait tous les mails du monde.

Il avait apprécié de pouvoir la contempler sans qu'elle lui rende son regard. Étudier le plein de ses joues, l'arc élégant de ses sourcils, le rose de sa bouche. Il se rappelait son goût et n'était pas rassasié. Et s'il l'avait éveillée d'un baiser ?

— On arrive bientôt ?

Avec un petit rire, il la regarda presser son nez à la fenêtre de la voiture. Ils étaient arrivés depuis une dizaine de minutes. Toutes les terres qu'ils traversaient, plantées de figuiers et de vignes, appartenaient à sa famille.

— Nous venons de quitter la ville, signala-t-il. Vous verrez le domaine dans une minute.

Il pointa son doigt en direction du château, construit sur un affleurement rocheux.

— Regardez !

Il entendit Flora retenir son souffle. C'était une réaction familière, lorsqu'on apercevait la demeure de ses ancêtres pour la première fois.

Béate d'admiration, Flora se retourna vers lui.

— C'est comme dans un conte de fées. Les tours...

Elle hocha la tête, émerveillée, et reporta son regard sur les quatre tourelles carrées qui encadraient la construction monumentale.

— Les tours étaient là quelques centaines d'années avant le *castello* que l'on connaît aujourd'hui. On voit la mer, depuis leurs terrasses. Mais la vue est aussi belle par ici, indiqua-t-il en l'invitant à regarder de son côté.

La voiture avait commencé son ascension. Comme suspendues, les dernières maisons du bourg surplombaient la mer turquoise, étincelante tel un diamant au soleil. Lorsque Ivo avait mentionné tout ce qu'il pouvait offrir à Jamie, elle n'avait pas pensé à cela. La beauté de l'endroit était exceptionnelle. Et son histoire aussi.

— C'est donc là que vivent les Greco, murmura-t-elle dans un souffle.

— Nous sommes là depuis des siècles. La fortune de ce territoire a suivi la nôtre. Des terres vendues, puis rachetées, de la grandeur et de la misère... Ce n'est pas notre famille qui a construit l'endroit, à l'origine. La légende dit qu'un de nos ancêtres l'a gagné aux cartes. Probablement un conte pour amuser les touristes.

— Tu as toujours vécu ici ?

— Quand j'étais enfant. Aujourd'hui, j'ai un appartement à Florence, plus pratique quand je suis de passage en Italie, car je voyage beaucoup. Je pourrais te faire l'historique des lieux, reprit-il, mais ton métier t'en apprendra plus que moi sur le sujet.

— Je suis effectivement architecte, acquiesça-t-elle, mais pas historienne de l'art.

Elle identifia pourtant sans peine l'impressionnante double porte devant laquelle la voiture se garait, au bas d'une volée de marches de pierre blonde, comme un exemple typique des chefs-d'œuvre de la Renaissance.

Au fil des siècles, les modes architecturales qui s'étaient succédé avaient laissé leur marque sur le petit château et lui conféraient un style très original, détonant mélange des genres. Ivo aussi était unique en son genre, tout comme ce *castello*, songea-t-elle, et le regard qu'il lui lançait à cet instant ne laissait aucun doute sur ses intentions futures. Flora sentit les battements de son cœur s'accélérer. Pour fuir l'embarras qui la menaçait, elle demanda :

— Et maintenant ?

— On vous installe confortablement, toi et Jamie. J'imagine que Salvatore voudra vous voir tous les deux.

L'invitation tenait de la convocation. Entre ses dents, Flora murmura :

— Je meurs d'impatience...

Ivo répondit sèchement :

— De manière à éviter tout malentendu futur, il me paraît important de t'informer que mon grand-père ne saisit pas l'ironie, ni même une quelconque forme d'humour.

— Tu as d'autres conseils de ce genre ?

— N'aie pas l'air coupable devant lui, jamais.

Une main gantée de blanc vint ouvrir la porte de leur

voiture, et elle hocha la tête, intimidée malgré elle par ce qui l'attendait. Elle apprécia de sentir de nouveau la main d'Ivo se poser dans le creux de son dos pour la guider, gentiment, mais avec fermeté.

— Et voilà, dit-il en englobant le *castello* d'un large geste de la main. Impressionnant, non ? La splendeur des Greco…

Elle allait découvrir ce que Bruno avait fui. À contempler le faste familial, Flora entrevoyait l'ampleur de ce qu'il avait sacrifié. Si l'hôtel que lui et Sami avaient construit représentait le premier héritage de Jamie, tout ce qu'elle voyait sous ses yeux lui reviendrait aussi de droit, un jour.

Dans son couffin, le bébé gazouillait sous son chapeau de soleil. Flora sentit quelque chose se dénouer en elle. Elle se battrait pour la sauvegarde du patrimoine familial de Bruno et de Sami, pour que Jamie n'ait jamais à choisir.

— Rien de tout cela n'a d'importance, s'entendit-elle murmurer. Le véritable héritage de Jamie, c'est l'amour de ses parents.

Ivo, qui l'avait entendue, ironisa :

— L'amour vaut cher, par chez vous…

Elle cilla, éblouie par le fort soleil italien, tandis qu'un homme descendait les marches à leur rencontre. Tout en lui était tiré au cordeau, de sa barbe parfaitement taillée jusqu'à son costume impeccablement coupé. Il y avait fort à parier qu'on pouvait voir son reflet briller dans ses chaussures cirées.

— Ramon…

— Monsieur, dit l'homme en s'inclinant brièvement.

— Flora, je vous présente Ramon, le majordome de mon grand-père, qui veille à la bonne tenue de cette maison. Ramon, voici ma fiancée, Mlle Flora Henderson, et Jamie.

— Bonjour...

Flora lui tendit la main.

Elle se demanda un instant si elle n'avait pas brisé un quelconque protocole, mais le vieux majordome finit par s'en saisir et la serra avec un sourire chaleureux.

— Ramon, veuillez faire savoir à mon grand-père...

— ... Que Jamie a faim, acheva Flora sans laisser à Ivo le temps de finir sa phrase.

À ses côtés, le bébé fit quelques tentatives pour avaler ses pieds, avant de laisser échapper des pleurs stridents et affamés.

— Mon grand-père devra attendre, confirma Ivo.

Le majordome s'éclaircit la gorge et répondit :

— Naturellement.

Il hocha légèrement la tête et trois domestiques apparurent à ses côtés. Après quelques ordres lancés en italien, chacun hocha la tête et tous repartirent dans des directions opposées.

— À vrai dire, monsieur, précisa le majordome alors qu'ils allaient entrer, le médecin est ici. Votre grand-père lui a donné l'autorisation de s'entretenir avec vous.

Flora sentit la main d'Ivo se crisper dans son dos. Son visage restait de marbre, mais elle savait le sujet sérieux.

— Ne t'inquiète pas pour nous, tout ira bien, déclara-t-elle. Je m'en sortirai très bien toute seule.

Ivo posa le couffin au sol.

— Laissez-nous un moment, Ramon, voulez-vous ?

Le vieil homme s'effaça, et Flora murmura à l'oreille d'Ivo :

— Désolée.

Il haussa un sourcil.

— Pourquoi ?

— Que ton grand-père soit…

— Mourant ? Après tout, c'est pour ça que tu es là, non ? Tu devrais t'en réjouir, *cara*. Je sais que tu es trop polie pour demander combien de temps il lui reste, mais l'évolution de sa maladie joue en ta faveur.

Elle réprima les larmes qui lui montaient aux yeux.

— Pourquoi es-tu si dur ?

Ivo hésita intérieurement devant la dignité outragée qu'elle lui opposait, mais ignora la culpabilité qui l'avait saisi. Il haussa les épaules.

— Que puis-je dire ? C'est l'un de mes talents.

— Tu mets du cœur à l'ouvrage, en tout cas. Pourquoi me repousses-tu sans cesse ?

Flora aurait voulu ravaler sa question, mais c'était trop tard. D'où celle-ci avait-elle bien pu surgir ? Mortifiée, elle baissa les yeux. La repousser ? C'étaient des choses qu'on disait lorsqu'on était en couple. Elle tritura la bague à son doigt. Ils ne faisaient que jouer un rôle, rien de plus, et elle ne devait surtout pas l'oublier.

Touché, Ivo réagit de la seule manière qui lui vint en tête : il ignora sa question.

— Ramon ?

Le majordome réapparut derrière eux, comme par magie. Ivo lui murmura quelque chose en italien et l'homme tiré à quatre épingles se baissa pour ramasser le couffin qui abritait Jamie. Peut-être s'exécutait-il lentement par précaution, mais Flora le doubla et se saisit du couffin avant lui, dans un geste jaloux.

— Je peux m'en sortir toute seule.

Elle se dirigea avec raideur vers l'escalier. Une large

part de son avenir était incertaine, mais elle était sûre d'une chose : elle ne gâcherait plus sa pitié et sa sympathie pour Ivo Greco.

Deux praticiens attendaient devant la chambre de son grand-père. L'un était le médecin traitant de Salvatore, l'autre un visage inconnu d'Ivo. S'il lui restait un quelconque doute, leurs mines affligées lui suffirent pour comprendre l'état du patient. Avec une profonde inspiration, il passa une main nerveuse dans ses cheveux, tentant de repousser le souvenir de Flora et de la douleur qu'il lui avait causée. Que disait le proverbe, déjà ? *Il n'y a que la vérité qui blesse...*

Elle s'était trouvée au mauvais endroit, au mauvais moment. Le vieil homme allait mourir et Ivo, au lieu de reconnaître qu'il en souffrait, avait déversé sa colère sur la personne la plus proche. Flora... Il aurait dû s'y préparer mais, au fond de lui-même, Ivo pensait son grand-père indestructible. Il n'avait même pas compris son déni de réalité avant de voir le regard éloquent du fidèle majordome. Le vieux renard qu'était son grand-père ne jouerait plus de tour à quiconque.

— Il vous attend, dit le médecin traitant après les avoir salués. Mais nous voulons vous voir d'abord.

Ivo n'avait jamais bien réagi à l'autorité, et les blouses blanches ne l'impressionnaient pas. Leurs diplômes ne voulaient pas dire grand-chose. Des hommes plus compétents qu'eux n'avaient pas réussi à empêcher le suicide de son père, ni la mort de sa mère.

— À vrai dire, cela fait quelque temps que nous cherchons à avoir cette conversation avec vous, enchaîna l'autre. Mais votre grand-père s'y est opposé jusqu'à ce jour.

Ça ne l'étonnait pas. Salvator tenait les rênes et ne les lâcherait qu'aux portes de la mort.

— Cancer ? demanda-t-il aux blouses blanches.

Les deux hommes se jetèrent un regard embarrassé. Le spécialiste s'éclaircit la gorge avant de répondre :

— Non. Votre grand-père souffre de démence sénile, ajouta l'homme.

Ivo éclata d'un rire sans joie.

— C'est la chose la plus ridicule que j'aie jamais entendue. L'esprit de mon grand-père est affûté comme une lame. Il pourrait venir à bout d'un homme deux fois plus jeune que lui, physiquement et mentalement.

— Il peut avoir de longues périodes de lucidité, en effet…

Il était donc dans un état de confusion, le reste du temps ? Stupéfait, Ivo se tourna vers le médecin qui avait toujours soigné son grand-père.

— Je ne sais pas d'où vient ce charlatan, mais je veux un autre avis.

Le vieil homme rougit, gêné, et bredouilla ce qui ressemblait à une excuse à son collègue.

— Vous avez en face de vous le Pr Ranieri, monsieur Greco, dit-il avec déférence.

Ivo haussa un sourcil. La façon dont le vieux médecin avait parlé de son jeune confrère l'irritait.

— Je suis censé le connaître ? jeta-t-il avec dédain.

Le Pr Ranieri répondit à la place du médecin traitant.

— Je suis spécialiste des maladies neurodégénératives et de la démence sénile…

Le médecin traitant hocha la tête en guise de confirmation.

— J'ai diagnostiqué l'état de votre grand-père il y a trois mois, ajouta le spécialiste.

— Nous nous en doutions depuis un certain temps, appuya le médecin traitant. Tous les tests sont concluants.

Ivo cilla, refusant toujours de se rendre à l'évidence. D'abord Bruno, maintenant Salvatore…

Il n'avait pas vu son frère depuis des lustres et, épris de solitude, il évitait le plus possible son grand-père. Il était déjà trop tard pour l'un, et ce serait bientôt pareil pour l'autre. Sa famille disparaissait peu à peu.

— Je l'aurais su, s'il avait perdu la tête, se borna-t-il à répondre.

— Pas nécessairement, monsieur Greco. Les personnes atteintes de démence sénile ont tendance à cacher leurs symptômes. Les familles ne s'en rendent pas toujours compte. Parfois, les changements sont subtils. Au début.

— Non, s'entêta Ivo. Nous avons parlé la semaine dernière encore, et il…

Il l'avait appelé *Bruno* pendant leur entretien… Sur le moment, Ivo n'y avait pas prêté attention mais, à la lumière de ce diagnostic, les petites incohérences qui ponctuaient le discours de son grand-père prenaient une autre signification. Il fallait qu'il accepte la vérité. Le vieil homme avait le cuir épais, mais pas assez pour résister au temps, qui lui ne s'arrêtait pour personne. L'esprit si vif de son grand-père se désagrégeait. Salvatore devait être désespéré.

— Il va vous falloir du temps pour digérer tout cela, conclut le médecin de famille.

Il allait poser sa main sur le bras d'Ivo mais s'arrêta net, stoppé par le regard qui refusait tout apitoiement.

— Vous aurez sûrement des questions, poursuivit-il tout de même. Beaucoup. N'hésitez pas à nous consulter quand vous serez prêt. Nous restons à votre disposition.

Ivo serra les dents.

— Je suis prêt...

Le médecin traitant s'éclaircit la gorge.

— À vrai dire, pour l'instant, vous êtes attendu, dit-il en désignant la chambre du menton. Nous avons été appelés par l'avocat de votre grand-père.

— Rafe est ici ?

L'avocat, les médecins... Ivo était-il la dernière personne à connaître l'état de santé de son grand-père ?

— Votre grand-père souhaite dresser une procuration à votre nom, pour tous ses actifs. Une forme de tutelle. C'est pour cela que nous sommes ici. Pour confirmer que son esprit est encore assez... clair pour ce genre de démarches.

Ivo lutta pour ne rien laisser transparaître du choc qui lui glaçait les os.

— Ça n'est pas urgent, murmura-t-il comme pour lui-même.

Le plus important, pour le moment, était d'accumuler toutes les informations possibles sur la situation que vivait son grand-père. Il y avait toujours une alternative. On ne pouvait forcer les gens à accepter ce genre de situation sans se battre.

Le spécialiste hésita, avant de demander :

— Puis-je être franc avec vous ?

Ivo ne répondit pas, mais soutint son regard.

— Bien... Monsieur Greco, vous devez savoir que, si

l'on attend demain, il est possible que nous ne soyons plus en mesure de le déclarer apte à faire usage de ses capacités mentales. Le temps joue contre vous comme contre lui, j'en suis désolé.

9

Ramon, en qualité de témoin, avait préparé tous les documents. Chacun les signa à son tour et il ramassa la liasse.

— Voilà qui est fait, conclut-il en serrant les feuilles entre ses mains.

Il se retira en compagnie des médecins et de l'avocat.

— Alors, mon garçon... Qu'est-ce que ça fait, de tenir le vieil homme dans la paume de sa main ? ironisa Salvatore.

— Crois-tu vraiment que c'est ce que je ressens ?

— Non. Tu serais plus heureux, si c'était le cas. Tu es faible, Bruno, tu l'as toujours été... Tu laisses tes émotions prendre le dessus.

La colère d'Ivo retomba aussi vite qu'elle était venue.

— C'est Ivo, grand-père.

Le vieil homme détourna les yeux.

— Qu'importe... Je ne t'ai pas prévenu parce que je ne voulais pas qu'on sache... Regarde-moi, Salvatore Greco, un cadavre ambulant qu'on nourrira bientôt à la petite cuillère...

Sa voix se brisa et Ivo baissa les yeux. C'était la première fois qu'il voyait son grand-père pleurer.

— Tu ne diras rien à personne, reprit Salvatore. Donne-moi un peu de temps avant que mes ennemis ne commencent à ouvrir le champagne. Jure-le-moi, Ivo.

Ivo releva les yeux.

— Je te le jure.

— Parle-moi de l'enfant, à présent. Comment est-il ?

— Jamie ? C'est un bébé, euh... sympathique.

— Et tu vas épouser sa mère ?

Ivo fit non de la tête.

— Je me disais bien, aussi... Tu es un malin, toi, tu tiens ça de ton grand-père. Et le bébé, est-ce qu'il ressemble à son père ?

Il ne trouvait plus le nom de son petit-fils. Impulsivement, Ivo traversa la pièce pour venir au chevet du vieil homme.

— Grand-père...

Salvatore leva une main pour le faire taire.

— On ne s'épanche pas. Je ne suis pas encore complètement gaga, merci ! Je pense que je vais dormir un peu. Quand le garçon arrive-t-il ?

— Il est déjà là, grand-père.

— Nous dînerons ensemble demain, alors.

Secoué d'un rire bref, il jeta un coup d'œil entendu à son petit-fils et reprit :

— Alors, tu l'as déjà mise dans ton lit ? Bon sang, quand tu me regardes comme ça, on dirait ton père. Je l'ai beaucoup déçu, lui aussi...

Le regard vague, il ne tarda pas à fermer les yeux, puis sombra dans le sommeil.

Ramon attendait derrière la porte.

— Il s'est endormi, dit Ivo.

— Il se fatigue vite, en effet.

Ils échangèrent un hochement de tête. Après quelques

pas dans le couloir, la réalité heurta Ivo de plein fouet : il était désormais à la tête de l'empire familial.

L'espace qui avait été alloué à Flora couvrait trois étages et contenait, outre la suite de maître, deux chambres d'invités, un salon, une salle de réception, une cuisine, une nurserie de jour attenante aux chambres des gouvernantes, et un ascenseur.

Lorsqu'on lui demanda si le tout lui convenait, elle émit un sourire faible et répondit :

— Un peu petit, peut-être.

Personne ne sourit à la plaisanterie. Les domestiques se retirèrent, la laissant seule. Il fallait qu'elle se concentre sur les priorités : donner un bain à Jamie, le nourrir. Cela fait, le nourrisson s'endormit aussitôt.

Elle rêvait d'une douche bien chaude. Se débarrasser de ses vêtements de voyage et rentrer dans l'immense cabine à l'italienne lui fit un bien fou. Elle s'autoriserait le luxe du bain lorsqu'elle serait sûre qu'Ivo n'était pas sur le point de débarquer pour la présenter à son grand-père.

De retour dans le salon après avoir passé un peignoir, elle vit que du thé, du café, des sandwichs et des pâtisseries avaient été disposés à son intention sur une desserte. Elle se servit un café noir, attrapa un appétissant sandwich et se dirigea vers sa chambre, sur laquelle donnait un immense dressing. Une odeur de lavande en sortit quand elle l'ouvrit. Quelqu'un avait défait ses valises et rangé ses vêtements.

Après avoir avalé le délicieux sandwich en deux bouchées, elle passa une robe et se contempla dans le miroir. Elle était prête à jouer son rôle. Ressemblait-elle au genre de femme qu'Ivo aurait pu épouser ? Bien sûr que non ! Seules des créatures de rêve qui faisaient la couverture des tabloïds pouvaient parader à son bras.

Peut-être, du moins, ressemblait-elle à celles avec lesquelles il passait ses nuits ?

Alors qu'elle contemplait le vaste lit qui trônait dans la pièce, le souvenir de leur baiser lui revint violemment en mémoire. Elle marcha jusqu'au lit, passa la main sur le drap. Fermant les yeux, elle imagina un couple en train de s'unir sur l'étoffe soyeuse. Il fallait chasser ces images de son esprit ! Portant distraitement la main à ses lèvres, elle en traça le contour, comme l'aurait fait Ivo.

Que lui arrivait-il ? Le souffle court, elle lutta contre le flot d'émotions qui déferlait en elle. Leur baiser avait libéré quelque chose, sur lequel elle n'avait aucun contrôle. Combien restait-il de femmes vierges à vingt-cinq ans, si l'on excluait celles qui peuplaient les couvents ?

Avec un soupir de frustration, elle fit demi-tour et alla chercher les boucles d'oreilles qu'elle avait posées sur le lit un peu plus tôt. À l'étroit dans sa robe, elle la releva sur ses cuisses, posa un genou sur le lit et, l'autre pied toujours au sol, tendit le bras pour attraper les bijoux.

Ivo la trouva dans cette position en entrant dans la chambre.

Dès qu'il la vit sur le lit, la courbe de ses hanches et les fesses soulignées par sa posture, un nuage de boucles rousses retombant sur l'oreiller, il perdit toute maîtrise de lui-même et oublia jusqu'à l'objet de sa visite. À vrai dire, il fut même soulagé de s'abandonner à ce qu'il ressentait. Il voulait s'oublier dans le sexe. Il la voulait, elle…

En apercevant le reflet d'Ivo dans le grand miroir posé à côté du lit, Flora perdit l'équilibre et s'affaissa sur le lit. Leurs regards s'accrochèrent dans le silence et, lentement, il traversa la pièce pour s'arrêter face au lit. À travers les boucles rousses qui lui retombaient sur le visage, elle le vit se pencher en avant.

— Je veux te voir…

La sensation de ses doigts lorsqu'il écarta les mèches qui lui barraient les yeux l'électrisa, et elle sentit tout son corps s'éveiller.

— C'est mieux ainsi, observa-t-il, la voix rauque.

Il la rejoignit sur le lit, l'y allongea doucement et plaqua son corps musclé contre le sien.

— Je… ne me sens pas moi-même, murmura-t-elle, troublée à l'extrême.

Il tenta de se justifier.

— Je… Je ne venais pas pour ça.

C'était faux. S'il ne la désirait pas, pourquoi était-il venu dans sa chambre ? C'était exactement ce qu'il cherchait, depuis le premier instant où il avait posé les yeux sur elle.

— Mais… je te désire comme un fou, avoua-t-il enfin dans un souffle.

Sa voix rauque, très excitante, acheva de l'enflammer. Immobile, les yeux écarquillés, elle attendit. Ils ne se touchaient pas, mais elle ressentait la tension du corps d'Ivo comme s'il s'agissait du sien. Lorsque Callum lui avait dit qu'il préférait attendre pour lui faire l'amour, il avait évoqué le respect qu'il avait pour elle. Elle n'avait pas remis son choix en question, intérieurement soulagée. Elle ne le désirait pas vraiment, en tout cas pas de la manière dont elle désirait Ivo en cet instant. Devait-elle le prévenir de son inexpérience ? Mais s'il la rejetait ? Elle ne pouvait pas courir ce risque. L'envie était trop forte.

— Je te veux, moi aussi, murmura-t-elle.

Elle prit son visage entre ses mains et l'embrassa, les yeux grands ouverts. Un court moment, il resta sans réaction. Puis il approfondit leur baiser, répondant à l'appel de ses lèvres. Elle s'entendit gémir en retour.

Ivo s'écarta d'elle et, une main dans ses boucles rousses, l'attira de nouveau à lui. Flora leva une main pour caresser la joue râpeuse de l'homme qui la contemplait. Sa beauté brute la fascinait. La gorge nouée, elle murmura :

— Tu es si beau…

Ivo tressaillit. Ce n'était peut-être que du sexe, mais il semblait avoir autant besoin d'elle que d'oxygène pour respirer. Il n'avait jamais ressenti une passion aussi dévastatrice qu'en cet instant. Il l'embrassa de nouveau, couvrant sa gorge offerte de baisers. Ses mains glissèrent sous les attaches de la robe qu'elle portait, écartant délicatement les fins lacets de tissu pour découvrir ses épaules nues, la courbe pleine de ses seins. La pâleur de sa peau était rehaussée par la pluie de taches de rousseur qui semblait s'être abattue sur elle. Il aurait aimé les embrasser toutes. Doucement, il lui retira sa robe. Le tissu glissa sur sa peau dans un froissement léger, la laissant nue, à l'exception de ses sous-vêtements. Elle frissonna lorsqu'il la toucha.

— Tu es splendide, murmura-t-il.

D'un geste assuré, il défit l'attache de son soutien-gorge, et ne détacha pas son regard du sien lorsque la pièce de lingerie vint rejoindre sa robe au sol, dévoilant enfin sa poitrine. De nouveau, il la fit basculer sur le lit et se débarrassa à la hâte de ses vêtements. La poitrine de Flora se soulevait au rythme de son souffle haché. Il s'agenouilla sur le lit et glissa ses deux pouces sous l'élastique de sa culotte qu'il fit descendre le long de ses cuisses...

Elle accueillit le contact de leurs peaux avec un gémissement sourd et il captura ses lèvres avec avidité. Elle voulut protester lorsqu'il coupa court à leur baiser, mais se ravisa en sentant sa paume se poser sur l'un de ses seins et son pouce agacer le bourgeon rose. Puis ce fut au tour de sa bouche. Lorsqu'il vint infliger le même supplice au téton jaloux, elle se sentit sur le point de s'abandonner à la volupté...

— Regarde-moi, *cara*, ordonna-t-il.

Le regard plongé dans le puits sans fond de ses yeux, elle sentit la main d'Ivo se poser entre ses cuisses.

— Tu es prête...

— J'ai... J'ai l'impression d'être en feu, bégaya-t-elle. C'est trop, c'est...

La fin de sa phrase resta bloquée dans sa gorge alors qu'il glissait un doigt en elle. Tandis qu'elle se cambrait, il saisit sa main et la posa son sexe dressé.

— Tu vois comme j'ai envie de toi... Comme j'ai besoin d'être en toi...

Il n'avait jamais désiré une femme à ce point. Son sang bouillonnait dans ses veines. Les dents serrées, il tâcha de se maîtriser. Il fallait qu'elle le désire autant qu'il la désirait. C'était la première fois qu'il perdait pied face à une femme.

— Je t'en prie, supplia Flora, au comble de la passion. Viens…

Alors, enfin, il entra en elle, tandis qu'elle se cabrait et enroulait ses jambes autour de lui dans un cri libérateur. Soudés l'un à l'autre, ils s'abandonnèrent à l'unisson et, lorsqu'elle fut parvenue à la limite du désir, sans cesse repoussée par ses coups de reins, elle ferma les yeux. Bientôt, une vague de plaisir immense la submergea, balayant ce qu'il lui restait de conscience sur son passage.

Il fallut plusieurs minutes avant qu'elle ne redescende sur terre et n'ouvre les yeux de nouveau. Ivo s'était allongé à côté d'elle et couvrait son épaule de baisers tendres.

— Je croyais que tu avais été fiancée…, dit-il soudain.

— J'imagine que tu veux parler de ma virginité, balbutia-t-elle, les yeux toujours fermés.

— Oui.

Il prit un oreiller et le plaça sous sa nuque.

Lui qui pensait qu'elle avait déjà connu plusieurs hommes avait eu un choc en découvrant qu'il était son premier amant. Cela ne l'avait pas arrêté pour autant.

— Ça te gêne ? demanda-t-elle.

— Non, mais tu aurais pu me prévenir. Ça n'est pas très commun, à nos âges.

Elle soupira et s'étira avec la souplesse d'un chat, réveillant le désir qui somnolait en Ivo.

— Si, quand on a eu Callum dans sa vie…

— Callum ?

Il n'aimait pas ce nom.

— Toutes les filles de mon école étaient amoureuses

de lui. Il était plus âgé que moi, il est parti quand je suis arrivée au lycée. Mais c'était une petite ville, on se croisait souvent.

Prendre la virginité d'une femme n'était pas la seule nouveauté à laquelle Ivo goûtait, ce soir. Il était en train de parler après l'amour… et y prenait du plaisir. Ça ne lui était jamais arrivé. La plupart du temps, il ne s'attardait pas.

— Enfin, j'étais très attirée par lui, comme les autres filles, reprenait Flora. J'étais en deuxième année de fac lorsque je l'ai croisé de nouveau. Un mois plus tard, nous étions fiancés. Je sais que ça a l'air fou, ça l'était. Au final, je me suis rendu compte que nous avions une vision assez différente du mariage… Tu imagines la suite…

Il imaginait très bien. Il n'était pas difficile de comprendre que ce minable de Callum l'avait laissée tomber sans un regard en arrière. *Quel salaud !* songea-t-il.

— Callum disait m'aimer et il est parti, murmura Flora.

Ivo sentit son cœur se serrer lorsqu'elle lui adressa un petit sourire amer, comme pour l'inviter à rire avec elle de ses mésaventures. Il n'y avait pourtant rien de drôle dans la souffrance qu'elle avait dû ressentir.

— Quelle élégance !

— J'ai été échaudée par cette première expérience, et par la suite j'ai été trop occupée pour rencontrer qui que soit.

— Mais Callum et toi, vous ne couchiez pas ensemble ?

— Je crois que, pour Callum, les femmes se divisaient en deux catégories : celles avec qui l'on couche, et celles que l'on épouse pour les tromper ensuite.

— Un homme charmant…

— J'ai vraiment très mauvais goût en matière d'hommes, confirma-t-elle avec un sourire en se lovant contre lui.

Le corps d'Ivo était chaud, ses muscles puissants traçant des lignes sinueuses le long de sa peau pour former un labyrinthe dans lequel elle se serait volontiers perdue.

— Merci ! ironisa-t-il.

— Oh ! ce n'est pas pareil. Je ne cherche pas à me fixer et ce que nous venons de vivre... Tu as été parfait.

— Tu viens de me vexer et de me flatter dans la même phrase. Quel talent ! s'exclama-t-il en riant.

10

Ivo quitta la suite et retrouva Ramon. Flora était allée se changer, refusant de croire qu'un simple jean et un chemisier de soie suffiraient pour rencontrer son grand-père.

— Alors c'est un petit déjeuner ? demanda Ivo. Je croyais avoir été invité à dîner.

Ramon hocha la tête.

— Votre grand-père m'avait effectivement parlé d'un dîner hier soir mais…

— Mais ? le pressa Ivo.

— Il avait oublié, ce matin.

— Ça arrive souvent ?

— Récemment, oui, confirma le fidèle domestique à contrecœur.

— D'autres détails vous sautent aux yeux ?

Ivo respecterait le silence imposé par son grand-père au sujet de sa maladie, mais il était inévitable que les gens qui gravitaient autour de lui finissent par remarquer quelque chose.

— Eh bien, des sautes d'humeur… Il peut être très irritable.

— Ça n'a rien d'inhabituel.

— Bien sûr, mais… Il peut se faire des idées. S'attaquer à certaines personnes.

— Comme qui ?

— Je ne suis pas membre du corps médical, monsieur, mais il me semble qu'il développe une forme de paranoïa. Nous avons engagé un nouveau valet, un jeune homme plein d'avenir. Votre grand-père l'a accusé d'avoir volé sa montre. Elle était dans le tiroir où il la range toujours…

— Vous avez arrangé les choses ?

Ramon hocha la tête, tandis qu'Ivo soupirait d'un air sombre.

— Merci. Je parlerai aux docteurs. Nous devons engager du personnel qualifié pour vous seconder.

Une expression fugace de soulagement passa sur le visage du majordome.

— Je pense que c'est une bonne idée, monsieur. Je me permets d'ajouter que j'ai suggéré le petit déjeuner pour cette rencontre car c'est la période de la journée où votre grand-père est le plus alerte.

Les choses allaient mal et ne feraient qu'empirer. L'état de son grand-père allait se dégrader et les docteurs étaient incapables de prédire le temps qu'il lui restait. Ivo ne pouvait rien faire à part, bien sûr, garder le secret du vieil homme.

Ramon s'éclaircit la gorge et jeta un coup d'œil embarrassé vers la porte de la suite.

— Excusez-moi, mais Mlle Henderson est-elle au courant ?

— Non. Pas pour le moment.

Comment réagirait-elle, lorsqu'elle apprendrait la vérité ? Elle ne ferait pas preuve d'égoïsme, c'était certain.

La femme qui l'accompagnait depuis quelques jours était très généreuse. Elle était probablement venue au monde en proposant ses services aux sages-femmes.

Plus loquace qu'à l'ordinaire, Ramon l'interpella.

— Ça doit être dur pour vous, monsieur...

La phrase n'appelait aucune réponse et Ivo garda le silence.

— Cacher ce genre de choses à la personne que vous aimez, reprit Ramon, ne pas pouvoir partager le fardeau... J'ai aimé quelqu'un, moi aussi. Il y a longtemps. Je vous envie.

Avec un salut bref et embarrassé, le majordome prit congé. Ivo le suivit du regard. Il ne ressentait aucun besoin d'aller pleurer dans les jupes de Flora, ou de n'importe quelle femme. Cette idée romantique de deux âmes vibrant à l'unisson faisait rêver beaucoup de monde ; pour lui, c'était une perte de contrôle intolérable. La seule union qu'il autorisait, c'était celle des corps. En entrant dans la chambre d'une femme, il présentait un visage neutre, et se sentait libéré de ses tourments.

L'idée de la rencontre entre Flora et Salvatore inquiétait Ivo. Ramon lui avait fait comprendre que son grand-père pouvait se montrer plus imprévisible encore que ce qu'il redoutait. S'il n'avait pas été riche, respecté et entouré de gens qui ne remettaient pas ses paroles en cause, les manifestations de sa maladie seraient apparues pour ce qu'elles étaient. Pourtant, à la grande surprise d'Ivo, le petit déjeuner se déroula idéalement. Personne n'aurait pu suspecter quoi que ce soit au vu de l'attitude du vieil homme : tour à tour charmant et drôle, il complimenta Flora sur sa vie et son travail. Salvatore fut même saisi par l'émotion lorsqu'il tint pour la première fois son arrière-petit-fils dans les bras, et décréta qu'il était le portrait craché de son père, ce qui lui fit venir les larmes aux yeux.

Flora avait été prise de pitié tandis qu'Ivo, lui, avait trouvé cet attendrissement inquiétant. Salvatore avait embrassé le bébé et l'avait rendu à Flora, détournant ses yeux noyés de larmes.

— Il est charmant, commenta Flora après qu'ils eurent quitté le vieil homme. Quand je pense que j'étais nerveuse...

Elle hésita, avant d'ajouter :

— Il ne souffre pas, n'est-ce pas ?

Ivo secoua la tête et haussa un sourcil en voyant Flora toucher le front du bébé, visiblement inquiète.

— Que se passe-t-il ?

— Il a l'air rouge, tu ne trouves pas ?

Ivo ne répondit rien.

— Il est chaud, reprenait-elle, déjà affolée.

— Il m'a l'air d'aller tout à fait bien. Tu es inquiète ?

Elle leva les yeux : l'imposante silhouette d'Ivo se découpait contre la fenêtre sur fond de mer turquoise. Il avait l'air si solide et calme qu'elle sentit sa panique s'évanouir.

— Pardon, tu dois me prendre pour une folle ! Je me demandais comment je réagirais si Jamie tombait malade... Maintenant je sais que je perdrais la tête.

— Tu n'es pas seule.

Flora se laissa envahir par le baume apaisant que sa présence diffusait en elle.

— C'est à cause de son cœur… Mais je suis sûre que ça n'a rien à voir avec ça…

— Tu te sentiras mieux quand les docteurs l'auront examiné. Laisse-moi m'en occuper.

Elle soupira d'aise, malgré la promesse qu'elle s'était faite de ne pas trop s'appuyer sur Ivo.

— Merci.

Il avait posé sa main sur son épaule et, d'un mouvement instinctif, elle inclina sa joue pour la toucher. Ivo fut traversé d'une émotion vive, inattendue. Comme sous l'effet d'une brûlure, il retira sa main et recula d'un pas.

— Je… Je m'en charge. Tu as le nom du médecin traitant ?

Lorsque le docteur arriva, moins de trente minutes plus tard, il avait déjà pris connaissance des antécédents médicaux de Jamie. Après un examen minutieux, il confirma que le bébé était pris d'une petite fièvre et diagnostiqua un rhume.

— Et son cœur ? demanda Flora.

— Il n'y a aucun problème que je puisse détecter. Quand retourne-t-il à l'hôpital pour son prochain rendez-vous ?

— Dans six mois.

— Bien. Vous êtes entre de bonnes mains, ici, et ce jeune homme a une paire de poumons parfaitement développés. J'ai connu Bruno. Un homme bien. C'est tragique, ce qui lui est arrivé. Le petit a sa force.

Flora hocha la tête et sourit faiblement, la gorge nouée.

— Bon, je vous ai prescrit un sirop, à lui donner toutes les six heures. Faites-le boire et ne l'exposez pas trop au soleil. En cas de problème, vous savez où me joindre.

Le docteur jeta un coup d'œil au salon où Ivo attendait, et corrigea :

— Du moins Ivo sait comment me joindre. Nous avons été ravis d'apprendre ses fiançailles, et je le suis encore plus maintenant que je vous ai rencontrée.

Il hésita et ajouta sur le ton de la confidence :

— Ivo a peu d'amis, mais ces derniers seraient prêts à mourir pour lui. Il prétend se moquer de tout, mais... Enfin, je ne vous apprends rien, n'est-ce pas ? Vous le connaissez mieux que moi...

Flora hocha la tête et remercia le docteur pour son intervention. Elle avait été surprise par le ton élogieux qu'il avait employé en parlant d'Ivo, mais peu étonnée de ce qu'il avait dit. Elle avait compris que la froideur de son fiancé cachait des sentiments profonds, mais elle savait aussi qu'il ne dévoilait pas cette partie de sa personnalité. Du moins pas avec elle... Hélas ?

Soudain, elle s'affola. Elle n'était pas en train de tomber amoureuse d'Ivo, tout de même ! Non. Elle ne le plaçait pas sur un piédestal. La plupart du temps, il l'exaspérait. Mais la nuit qu'ils avaient passée avait tout changé...

— Alors, tout va bien ?

Elle sursauta, le médicament du bébé en main. Ivo s'était glissé dans la nurserie après le départ du docteur.

— Oui, c'est un simple rhume.

Le petit poussa un cri plaintif, du fond de son berceau.

— Laisse-moi faire.

Elle regarda Ivo se pencher sur le berceau et prendre le bébé dans ses bras, avec autant de délicatesse que s'il avait fait cela toute sa vie. Concentré, il posa le bébé contre son épaule et lui tapota gentiment le dos. La scène arracha un sourire à Flora, malgré son cœur serré. Un jour, il aurait des enfants, lui aussi. Cette idée lui donnait envie de fondre en larmes.

Ivo lui jeta un regard interloqué.

— Je ne fais pas ce qu'il faut ?

— Tu te débrouilles à merveille, murmura-t-elle, la gorge nouée.

Elle attrapa la couverture de l'enfant pour se donner une contenance et la plia avec soin, avant d'ajouter :

— Tu sais, tu es le bienvenu à Skye, quand tu veux. Tu devrais faire partie de la vie de Jamie.

— J'y compte bien.

Ivo reposa doucement le nourrisson dans son berceau et observa Flora. Ils avaient passé une nuit passionnée ensemble, et l'idée de la perdre, le jour où elle rentrerait sur son île, lui donnait le vertige. C'était pourtant inévitable. Flora disparaîtrait bientôt de sa vie et de celle de Jamie.

Était-ce juste parce qu'il se souciait de l'enfant qu'il vivait tout cela si mal ? La présence d'une figure maternelle était importante pour son développement, et l'amour que Flora portait au bébé ne faisait aucun doute. Par certains aspects, à y réfléchir, le plan de son grand-père présentait l'avantage de la simplicité…

Simple, il l'était, parce que le vieil homme perdait la tête, songea Ivo, amer. Était-il en train de perdre la sienne ? Il prit une grande inspiration. Il fallait qu'il se concentre sur le projet initial : montrer à Flora la vie dont pourrait bénéficier Jamie, s'il restait ici. Les brochures des meilleures écoles qu'il avait sélectionnées parleraient d'elles-mêmes.

— Il va mettre un peu de temps à s'endormir, chuchota Flora, assise à côté du berceau.

— Tu comptes passer la nuit ici, ou tu vas enfin accepter un peu d'aide ? demanda Ivo en désignant l'espace consacré aux nurses. Je sais que tu as un avis assez tranché sur le sujet...

Comme pour le reste, songea-t-il, avant de reprendre :

— Mais il y a ici des gens qui sont prêts à t'aider et qui n'attendent qu'un signe de ta part. Je parle probablement dans le vide, mais tu n'as rien à prouver, Flora. Il n'est pas difficile de voir que tu fais passer le petit avant tout le reste, mais tu n'es pas obligée de t'épuiser à la tâche. Peut-être que je pourrais aider, à défaut des domestiques ?

Sa proposition arracha un sourire à Flora.

— Est-ce que tu sais dans quel sens on met une couche ? demanda-t-elle, oubliant qu'elle avait appris, elle aussi, sur le tas.

— J'avoue que je ne suis pas expert dans ce domaine, mais je maîtrise très bien d'autres sujets, dit-il avec un sourire malicieux.

Flora se laissa envahir par une vague de chaleur familière. Elle baissa les yeux, mais trop tard ; Ivo avait vu l'étincelle qui les embrasait. Et celle-ci n'avait rien de prémédité, ce n'était aucunement une stratégie de séduction, comme il l'avait constaté chez la plupart des femmes. Flora n'avait aucune idée de l'effet qu'elle produisait sur lui, ce qui la rendait bien plus dangereuse que les autres...

— Tu crois vraiment que le moment est approprié pour évoquer ce genre de choses ?

Le contraste entre sa voix qui se voulait rude et le rouge qui lui était monté aux joues le fit sourire.

— Tu as peut-être raison, admit-il, mi-contrit, mi-narquois.

Flora décida de faire une concession, elle aussi.

— Après tout, un peu d'aide serait la bienvenue...

La jeune femme qui venait de placer le chariot à côté de la table du balcon offrit un sourire timide à Flora.

— Emily dit qu'il faut vous nourrir, que vous êtes trop mince. Moi, je pense que vous êtes très belle, dit-elle.

— Je vous remercie, répondit Flora avec un sourire.

Elle souleva le dôme d'argent qui recouvrait son assiette et huma le fumet délicat qui s'en échappait. Il était étrange et légèrement inquiétant de s'habituer si vite au ballet de gouvernantes et de domestiques qui l'entouraient.

Elle soupira en observant la chaise vide qui lui faisait face et dîna seule, s'autorisant un verre de vin.

La chambre à coucher était reliée à la nurserie par un système sonore qui lui permettait d'entendre l'enfant, mais elle préféra vérifier par elle-même que tout allait bien. Le petit était endormi, le nez rouge mais le visage frais, cette fois. Le médicament agissait. Elle ajusta la température de la pièce et s'allongea sur le lit préparé à son intention, à côté du berceau. Sans prendre la peine de se déshabiller, elle ferma les yeux pour se reposer un instant.

Apparemment, son grand-père ne dormait pas. Ramon attendait devant la porte de la chambre mais, lorsque Ivo lui demanda pourquoi, le majordome répondit d'une voix détachée qu'il s'était simplement fait jeter dehors.

— Allez vous coucher, Ramon. Je m'occupe de lui.

— Il faut que je sorte ses vêtements, pour demain.

— Allez vous coucher, répéta Ivo.

Le valet s'exécuta avec un petit salut courtois. La porte de la chambre du vieil homme était fermée, mais Ivo connaissait le château comme sa poche. Il entra par une porte dérobée qui donnait sur le bureau. Au passage, il remarqua des documents éparpillés sur le secrétaire. Ivo haussa un sourcil : il avait toujours connu le meuble impeccablement rangé. La télé était allumée dans l'antichambre, mais la pièce était vide. Son grand-père était dans la chambre à coucher, assis sur un tabouret, l'air désorienté.

— Tu ne dors pas ? demanda Ivo en entrant.

Le vieil homme ne sembla pas se formaliser de l'arrivée impromptue de son petit-fils.

— Pas ces derniers temps, non.

Son visage se crispa et il ajouta, d'un ton qui glaçait le sang :

— Ils mettent quelque chose dans l'eau. Je crois... Je vois le petit, demain. Ils sont arrivés ?

— Ils sont arrivés, grand-père. Le bébé a un rhume.

— N'appelle pas les médecins. Ce sont des charlatans.

Pâle, Ivo contempla le vieil homme. Voilà ce qu'était devenu le géant de son enfance, craint et respecté de tous. Le tableau était déchirant. Bien sûr, on le respectait encore, mais l'homme auquel ils avaient prêté allégeance s'effaçait peu à peu.

— Et si tu allais te coucher, grand-père ?

Ivo ne quitta la chambre qu'une heure et demie plus tard, son grand-père enfin endormi. Il avait besoin des conseils de spécialistes.

Arrivé à la hauteur de sa suite, il poursuivit son chemin vers la nurserie. Les lumières étaient éteintes lorsqu'il y entra. Sur le lit, Flora était profondément endormie. Ivo la contempla, la poitrine serrée. Sa beauté était troublante, pleine d'une fragilité qui éveillait ses instincts les plus protecteurs. Elle était pourtant bien plus forte qu'elle n'en avait l'air. L'étrange sentiment grandissait, inexorable, au creux de lui.

Un frisson le saisit.

À quoi est-ce que tu joues, bon sang ?

Il n'était pas d'humeur à analyser ses états d'âme, épuisé par le moment difficile qu'il venait de vivre avec son grand-père. Il agissait à l'instinct, le même qui l'avait amené dans la pièce. Le lit sur lequel dormait Flora était petit mais il s'y trouva une place. Posant la main sur sa hanche, il l'attira à lui. Son corps mince frémit et elle ouvrit paresseusement les yeux.

— Ivo, murmura-t-elle d'une voix ensommeillée.

Ivo posa un doigt sur ses lèvres et chuchota :

— Rendors-toi.

Elle ferma les yeux et s'abandonna de nouveau au sommeil, la tête contre son épaule. Allongé contre elle, l'odeur enivrante de ses cheveux emplissant ses narines, il ressentit un étrange sentiment de paix. Il ne savait pas avec certitude ce qui le poussait vers elle. L'idée de se perdre dans le corps d'une femme avait du sens, mais cette étreinte tendre était une nouveauté, pour lui. Avant qu'il puisse y réfléchir, il s'assoupit à son tour, bercé par la respiration régulière de sa compagne.

Il se réveilla à l'aube et, après s'être délicatement dégagé, il se leva et jeta un coup d'œil à la jeune femme.

Le cœur avait des raisons que la raison ignorait, à ce qu'on disait. Mais un mensonge restait un mensonge. Et il mentait à Flora. L'alchimie entre eux était réelle et il n'y avait aucun mal à s'y abandonner. Mais c'était le sexe qui lui était nécessaire, rien d'autre. On se leurrait lorsqu'on imaginait que cet accord parfait pouvait durer une vie.

Il avait le choix. Il n'était pas obligé de tomber amoureux d'elle. L'amour était une mascarade, de toute façon, et sa solitude était sa force. Ivo avait toujours été capable de séparer ses émotions de ses besoins les plus primaires.

Subitement, la lumière se fit dans son cerveau. Comment n'avait-il pas compris plus tôt ?

La raison pour laquelle la situation était différente reposait dans le petit berceau à côté de lui. Il était attaché à Flora parce que ce petit être avait besoin d'elle, et de lui. Rien à voir avec une quelconque alchimie. Soulagé par ce constat, Ivo quitta la pièce.

La lumière pâle du matin filtrait à travers les rideaux lorsque Flora s'éveilla. Au dehors, le concert de l'aube avait débuté. Elle bâilla et s'étira paresseusement, avant d'ouvrir les yeux. Avait-elle rêvé sa présence ?

Elle se souvenait d'une impression de sécurité confortable, de la chaleur d'un corps contre le sien…

— Bonjour, ma chère, avez-vous réussi à prendre un peu de repos ? Le petit n'a pas été trop turbulent ?

— Bonjour, Emily, répondit Flora en s'asseyant sur le bord du lit. Nous avons dormi comme des bébés, tous les deux.

Flora se frotta le bras et une petite boule de nacre tomba sur le drap. L'un des boutons de manchettes d'Ivo.

Elle n'avait pas rêvé. D'un bond, elle quitta le lit, et s'approcha du berceau. Combien de temps Ivo était-il resté ?

— Allez déjeuner. Je m'occupe du petit, décréta Emily.

11

Sur le chemin de la nurserie, Ivo s'était arrêté devant le bureau de son grand-père. Il s'était renseigné dans la matinée et la conclusion s'imposait : d'autres personnes devraient être mises dans le secret de l'état de santé du vieil homme.

Ce qui lui posait un problème, car un secret n'était pas fait pour être trahi.

Le dîner fut servi exactement à la même heure que la veille. Flora venait tout juste de soulever la cloche d'argent qui recouvrait son assiette lorsque la porte s'ouvrit sur Ivo.

— Ça n'a pas l'air très bon, dit-il en regardant son plat d'un air soupçonneux.

Il était beau dans son costume gris anthracite, sa chemise d'un blanc immaculé épousant parfaitement son torse puissant.

— Ça a l'air délicieux, au contraire.

Ivo attrapa la bouteille de vin et inspecta l'étiquette.

— Je pense que nous pouvons faire mieux que ça.

— Je ne bois pas, de toute façon. Sers-toi.

Elle n'avait vraiment pas besoin de perdre ses inhibitions en sa présence...

— Je ne bois pas non plus. Je conduis, ce soir.

— Je ne voudrais pas te retarder...

Ivo attrapa une chaise et s'y assit à califourchon.

— Nous sortons déjeuner.

Flora secoua la tête avec un soupir.

— Je ne peux pas.

— Pourquoi ?

— Ça n'est pas évident ?

— Éclaire ma lanterne...

— Jamie, voyons !

— Les nourrices disent que sa température est tombée et qu'il va mieux. N'est-ce pas ? ajouta-t-il en fronçant les sourcils.

— Il a besoin d'un visage familier ! Il ne peut pas...

— Pas quoi ? la pressa-t-il.

— Je ne veux pas l'abandonner ce soir.

— Si tu continues, ce pauvre petit finira par avoir besoin de vacances... loin de toi ! déclara-t-il avec un large sourire.

Flora chassa l'envie de lui rendre son sourire.

— Tu es là depuis plusieurs jours déjà, reprit Ivo, et tu n'as vu de l'Italie que ce château ! En cas de problème, nous serons tout près. Tu vas devenir folle, à rester ici...

— Jamie est toujours très pâle.

— Toi aussi, Flora.

L'intensité de son regard lui noua le ventre. Elle porta une main à son visage blême.

— Mais...

Ivo sauta sur ses pieds, comme galvanisé.

— Pas de « mais », tout est arrangé ! Emily prendra

la garde du petit et Olivia la relaiera pour la nuit. Tu as grand besoin d'une soirée à toi.

— Je ne suis même pas habillée...

Elle l'était plutôt trop, à son avis...

— Tu es ravissante. Si l'on ne sort pas plus souvent ensemble, Salvatore va se douter de quelque chose, mentit Ivo. J'ai déjà dû lui dire que nous avions passé une soirée en amoureux.

Flora laissa échapper un rire léger.

— Bon, très bien. Je prends mon sac.

Ivo attendit en tapant légèrement du pied.

— Je suis allée voir Jamie, expliqua-t-elle à son retour.

Bien sûr... Elle le couvait, tenait à lui comme à la prunelle de ses yeux. Une vraie mère poule...

Ils traversèrent la cour jusqu'à une magnifique décapotable, un modèle anglais de collection au châssis bas et à la carrosserie étincelante. À la portière, Flora lança :

— Au fait, c'est à toi, je crois.

Ivo regarda le petit bouton de manchette qu'elle tenait dans sa paume.

— Merci. Je suis passé voir le bébé la nuit dernière. Tu dormais.

Flora voulait lui demander si elle avait rêvé ses bras et le rythme calme de son cœur, mais elle aurait eu l'air d'une parfaite idiote.

Le vent dans les cheveux, ils prirent la route de la petite ville la plus proche du *castello*, sur le rivage. Ivo semblait plus détendu à mesure que s'éloignait le manoir. Il confirma bientôt l'impression de Flora quand il déclara, jetant un coup d'œil dans le rétroviseur :

— Cet endroit... est un peu oppressant.

Quelle étrange manière de parler de sa maison !

— L'endroit est magnifique, répondit Flora. Mais associé à de mauvais souvenirs, j'imagine que...

— Mon père s'est tué chez lui à Rome, si c'est à cela que tu penses. Je ne vis pas dans le passé, de toute façon.

Il vivait dans le présent, mais le présent n'était pas la période la plus réjouissante, actuellement. Assister à la déchéance de son grand-père était une torture.

— Je n'aime pas vivre dans un musée, expliqua-t-il.

Le chemin était court, du château jusqu'à la ville. Déjà, la voiture s'engageait sous la grande arche de pierre qui marquait l'entrée du bourg, ralentissant pour adopter une conduite prudente.

— Ils ont piétonnisé toute la vieille ville, ce qui est une bonne chose mais n'a fait que déplacer le problème, expliqua Ivo d'une voix forte, pour couvrir le concert des klaxons.

Il freina brusquement et lança une furieuse invective au motocycliste qui venait de le doubler par la droite. Le chauffard se retourna et lui adressa un large sourire qui n'avait rien de repentant.

— Je vais me garer ici, nous ferons le reste du chemin à pied. Ça ira vite, même avec tes talons.

— Je ne pensais pas que tu avais remarqué...

— C'était pourtant étudié pour, non ?

Elle lui jeta un regard furibond et il étouffa un rire en garant la décapotable. Flora réussit à s'extirper gracieusement de l'habitacle, consciente du regard qu'il porta sur ses jambes durant toute la durée de l'opération.

— Je confirme : très jolies chaussures, commenta-t-il.

Flora leva les yeux au ciel d'un air faussement excédé et Ivo lui prit la main.

— Viens, le restaurant est par là. Je pense que ça te

plaira, c'est tout près de l'eau et les fruits de mer sont excellents.

Ils descendirent le long des étroites rues pavées, jusqu'à déboucher sur le front de mer. L'atmosphère bourdonnait, bruissant des conversations enjouées des touristes et des locaux.

— C'est très beau, lança Flora, un peu hésitante. Mais… Tu crois vraiment que tout ça… Enfin, ça ne fait pas partie de notre arrangement. Les choses ont tendance à devenir un peu floues, pour moi. Je ne sais plus trop où j'en suis…

Elle se mordit la lèvre.

— Tu regrettes d'avoir couché avec moi ?

Les yeux écarquillés, elle se récria :

— Non, bien sûr que non !

— Alors je ne vois pas où est le problème.

Il s'effaça pour la laisser entrer dans le restaurant, un bras autour de sa taille. Le propriétaire des lieux apparut comme par magie dès qu'Ivo eut passé le seuil et l'accueillit en ami. Une fois Flora présentée, il les mena jusqu'à une table au bord de l'eau. L'endroit était très romantique, ou du moins l'aurait-il été si une large tablée, célébrant probablement un événement familial, n'était installée à quelques mètres d'eux. Le patron se pencha à l'oreille d'Ivo, qui traduisit :

— Ils fêtent les quatre-vingts ans de la grand-mère. Est-ce que tu préfères une table plus au calme ?

— Non, ça me va très bien.

— Tu en es sûre ? insista Ivo en s'asseyant, alors que la tablée applaudissait l'arrivée d'un énorme gâteau.

Avant même qu'elle ne puisse le rassurer, un petit

jouet, une voiture, tomba au milieu du bol d'olives placé au centre de leur table, éclaboussant Ivo d'huile.

Flora fut surprise de le voir éclater de rire. L'un des adultes se leva, mais il fut plus rapide. Attrapant une serviette, il nettoya le jouet, qu'il rendit à l'enfant avec un commentaire amusé qui fit rire le bambin comme sa famille. Il était aussi dur en affaires qu'il était doux envers les enfants. Il n'était pas difficile de l'imaginer un jour élevant un garçon solide qui porterait son nom, aux côtés d'une femme dont il serait fier.

Les yeux de Flora s'embrumèrent. Elle ne serait jamais cette femme-là, ni la mère de son enfant.

— Voilà une affaire réglée, fit Ivo en se rasseyant.

Flora cilla pour refouler ses larmes.

— Tu sais y faire avec...

Des cris de protestation l'interrompirent.

— Mais quel sale gosse ! C'est scandaleux ! Vous ne pouvez pas tenir vos enfants ? Je veux voir le manager !

Visiblement, l'un des clients faisait preuve de moins de patience qu'Ivo. Celui-ci le regarda avec mépris.

— Je suis navré, murmura-t-il.

— De quoi ? dit Flora avec un sourire. C'est un Anglais, c'est moi qui devrais m'excuser. Je crois qu'il cherche à impressionner sa compagne. Ça me rappelle quelqu'un...

— Et qui donc ?

Rouge de honte, elle avoua :

— Callum. C'était le même genre d'homme bouffi d'orgueil...

Ivo ne cherchait jamais à impressionner quiconque. Son autorité naturelle imposait le respect. Quand on comparait les deux hommes… Comment avait-elle pu se laisser aveugler à ce point par son ex-fiancé ? Flora regarda celui qui lui faisait face, grand, musclé et sûr de lui. Était-elle en train d'en tomber amoureuse, alors qu'elle ne le connaissait que depuis quelques jours ?

La tête lui tourna. Elle se sentait incroyablement vivante, plus que jamais. Elle avait tant à offrir ! Mais Ivo ne voulait pas de son cœur. Ce qu'il voulait, elle le lui avait déjà donné.

Elle reposa son verre. Elle aurait aimé dire : « Partons. Emmène-moi au château et aime-moi », mais l'expression sévère d'Ivo l'en dissuada. Son mépris s'était transformé en colère froide face au touriste qui, visiblement ivre, poursuivait sa tirade, sa voix couvrant les réponses du restaurateur qui tentait de calmer le jeu.

L'un des enfants de la grande tablée commença à pleurer. Flora vit un muscle se contracter au coin de la mâchoire d'Ivo, qui posa son verre sur la table.

— Si tu veux bien m'excuser une seconde…

Avant qu'elle n'ait pu acquiescer, il s'était levé et marchait droit sur le touriste éméché.

Elle ne réussit pas à entendre ce qu'il disait pour le calmer, mais cela eut un effet immédiat.

Revenant vers Flora, il répondit par de brefs hochements de tête aux remerciements qui émanaient de la tablée. Puis, se rasseyant, il se pencha et attrapa la main de Flora pour y déposer un baiser. Prise au dépourvu, elle se sentit faiblir. Le regard sombre et hypnotique d'Ivo était irrésistible. Elle avait de nouveau très envie de lui.

— Qu'est-ce que tu lui as dit ? demanda-t-elle.

— Je lui ai dit que nous venions de nous fiancer et que nous étions là pour un dîner intime. Intime… et calme.

Leurs regards rivés l'un à l'autre, ils restèrent un instant immobiles. Flora sentait le désir grandir en elle, étouffant toute raison.

— Partons d'ici, gronda soudain Ivo.

Incapable de répondre quoi que ce soit, Flora se contenta de hocher la tête. Ivo jeta quelques billets sur la table, puis ils rejoignirent la voiture, main dans la main.

— Tu as payé, mais on n'a même pas mangé !

Elle venait de le réaliser.

— Tu veux y retourner ? Tu n'as grignoté que quelques olives...

— Non. Je veux que tu me fasses l'amour...

Sans un mot, il se pencha pour l'embrasser longuement. Lorsque leurs lèvres se séparèrent, il murmura :

— Je suis tout à fait d'accord...

— Il faut que j'y aille.

La tête enfouie dans l'oreiller, Flora étudiait le visage de l'homme allongé à ses côtés, qui ouvrit péniblement un œil.

Lorsqu'ils étaient rentrés la nuit précédente, ils s'étaient jetés l'un sur l'autre, arrachant leurs vêtements pour faire l'amour intensément, brutalement. Son orgasme avait failli la faire défaillir. La seconde fois, ils avaient pris leur temps, explorant leurs corps avec une sensualité décuplée par la lenteur.

— Déjà ? Mais pourquoi ?

Ses doigts traçaient des arabesques sur la peau d'Ivo, dessinant les contours de ses muscles.

— Parce que j'ai un vol tôt ce matin, et que, toi, tu dois voir le docteur pour Jamie.

Elle soupira et se lova à nouveau contre lui, embrassant sa joue râpeuse.

— J'ai cru que les autres clients allaient t'applaudir, hier.

Ivo passa une main dans ses boucles rousses.

— Qu'est-ce que tu lui as vraiment dit ? demanda Flora, curieuse.

— Je ne m'en souviens plus...

Il marqua une pause, puis lâcha :

— Ton ex, il t'a fait souffrir ?

Flora se redressa sur un coude.

— Pourquoi cette question ?

— Tu as dit que l'imbécile d'hier te faisait penser à lui.

Elle reposa son visage contre son torse.

— Il m'a quittée parce que je ne pouvais pas avoir d'enfants. Il voulait une vraie femme...

Elle lui confiait le secret de sa vie...

— Tu es une vraie femme, Flora, affirma Ivo avec force.

Elle ferma les yeux alors qu'il l'embrassait de nouveau, avec toute la sensualité dont il était capable. Lovés l'un contre l'autre, ils ne bougeaient plus. Elle avait enfoui son visage dans sa nuque. Soudain, il lança :

— Je serais venu aux funérailles, tu sais... Je savais que Bruno était mort, mais je ne savais pas, pour Jamie. Je l'aurais su, si...

Flora l'encouragea silencieusement à continuer.

— Bruno a cherché à me contacter, un jour, et a formulé le souhait de me rencontrer. Je pense maintenant qu'il voulait m'annoncer la grossesse de Sami, mais hélas ! j'ai refusé de le voir.

Il poussa un soupir d'une infinie tristesse.

— Je le punissais, parce que, le jour où il est parti, il a dit qu'il reviendrait pour moi. Me chercher. Il aura essayé, finalement, conclut-il avec un rire amer.

— Mais tu l'ignorais, répondit Flora d'une voix apaisante. À moi aussi, ils me manquent. Tous les deux.

Sans qu'elle puisse les contrôler, des larmes se mirent à couler sur ses joues. Quelques instants plus tard, c'était au tour d'Ivo de pleurer.

Face à face, ils se regardèrent, partageant un même chagrin. Ivo aurait voulu s'arracher le cœur pour soulager Flora. Il ne supportait pas de la voir souffrir. Au creux de ses bras, elle relâchait toute la tension qui lui pesait depuis des mois. Rien de tout cela ne ressemblait à une aventure sans lendemain. Lorsqu'elle annonça qu'elle ferait mieux d'aller dormir dans son propre lit, s'il ne voulait pas manquer son avion, il la laissa partir.

12

— Donc, il va bien ?

— Il est en parfaite santé, répondit le docteur en souriant.

— Et son cœur, pas de problème suite au virus ?

— Absolument aucun.

— Excusez-moi, je suis un peu paranoïaque...

— Pas du tout, je comprends votre inquiétude.

Le docteur se retira et on frappa à la porte si peu de temps après son départ que Flora crut que l'homme avait oublié quelque chose. Elle était en train de changer Jamie et lança :

— J'arrive !

Mais elle n'avait pas eu le temps de finir que la porte s'ouvrit à la volée, si violemment qu'elle saisit le bébé dans ses bras, tous ses instincts de défense en alerte.

Le soulagement qu'elle éprouva en voyant qu'il s'agissait de Salvatore fut bref, car celui qui se dressait devant elle n'avait plus rien en commun avec le Salvatore aimable et souriant qu'elle connaissait. Il s'était habillé à la va-vite, sans s'être rasé, et ses cheveux argentés n'avaient pas vu de peigne depuis longtemps.

— Bonjour... Que se passe-t-il ?

— Est-ce que c'est vrai ?

Elle secoua la tête, interloquée non seulement par la question mais par le ton agressif avec lequel il la posait.

— Désolée, je ne comprends...

— Je n'ai pas le temps de jouer. J'ai des réunions cruciales, que je ne peux manquer. Êtes-vous stérile oui ou non ?

La brutalité de la demande lui coupa le souffle.

— Il est vrai que je ne peux avoir d'enfant, admit-elle enfin.

— Et celui-ci a des problèmes cardiaques ?

— Jamie a un léger souci de ce côté-là, oui.

— Les Greco n'ont pas de souci de santé. Ils ont un cœur d'acier. Ils sont forts ! hurla Salvatore. Je sais à quoi vous jouez ! Vous pouvez leur dire que j'ai tout compris...

Au bord des larmes, elle serra Jamie contre elle.

— Je ne joue à aucun jeu, et il n'y a personne à qui je puisse dire quoi que ce soit...

Elle recula alors que le vieil homme avançait, ombrageux. Il s'arrêta à un mètre d'elle, suffisamment près pour qu'elle voie l'écume à ses lèvres alors qu'il tendait le poing vers elle.

— Ivo me donnera des héritiers en pleine santé. Si vous l'épousez, je le déshérite !

Sur cette menace proférée d'un ton coupant, il tourna les talons et partit en claquant la porte.

Les genoux de Flora la trahirent et elle se retrouva à genoux, serrant toujours le bébé contre elle.

Le matin même, elle s'était éveillée si pleine d'espoir, si optimiste ! La veille, il s'était produit un tel changement ! Ivo lui avait confié pour la première fois quelque chose d'important et elle lui avait révélé son secret. Il n'avait pas eu peur. Elle ferma les yeux pour échapper à la réalité, tout en berçant machinalement Jamie dans ses bras.

Non, il n'avait pas reculé devant l'annonce de sa stérilité. Au lieu de cela, il était allé voir son grand-père, pour lui répéter ce qu'elle lui avait confié... Cela lui faisait bien plus mal que les mots cruels du vieil homme. Peut-être Ivo était-il allé prendre conseil auprès de Salvatore... Comment pouvait-il se délester, avait-il dû demander, de ce poids mort qu'elle était, si elle ne pouvait avoir d'enfant ? Oh ! bien sûr, pour satisfaire ses désirs charnels, elle convenait à merveille... Et elle qui avait commencé à se persuader qu'il y avait autre chose entre eux !

Elle se redressa et contempla son visage de cire dans le miroir.

— Oui, se dit-elle à haute voix, je pensais qu'il s'attachait à moi, que peut-être même il commençait à m'aimer... Quelle idiote !

Ivo était en route pour l'aéroport lorsqu'il entendit le message vocal de Ramon.

« Monsieur, il y a eu un problème... Votre grand-père... Je crois que vous devriez revenir sans tarder. »

— Monsieur !

Ramon l'accueillit sur le perron.

— Votre grand-père est allé voir Mlle Henderson. Il était en rage, et...

Ivo jura entre ses dents et se précipita vers les appartements de son grand-père.

— Expliquez-moi tout cela !

Ce que fit Ramon, qui avait bien du mal à suivre Ivo, qui courait presque.

Quand il rejoignit la nurserie, il n'avait pas tous les détails mais en savait assez pour ne pas être surpris de trouver Flora, habillée pour le voyage et terminant les valises du bébé.

— Que fais-tu ?

Elle se tourna vers lui. Les traces de larmes sur ses joues démentaient son air calme.

— Je rentre chez moi, répondit-elle. Jamie va mieux et je ne crois pas que nous soyons encore les bienvenus ici.

— Je ne sais pas ce qu'il t'a dit mais...

Elle leva la main pour l'arrêter.

— Non, ne dis rien. Je suis reconnaissante à ton grand-père de m'avoir éclairée, vraiment. Il m'a expliqué que tu avais besoin d'une vraie femme, en état de procréer. Et visiblement, il n'est pas fou des bébés qui ont des soucis cardiaques...

— Flora !

Ignorant ce cri du cœur, elle maintint Ivo à distance d'un regard de dégoût.

— Ne m'approche pas ! lâcha-t-elle d'un ton tranchant. Finalement, je crois bien que je te hais. Car j'ai cru un instant que tu t'étais attaché à moi... Combien de temps cela t'a-t-il pris avant d'aller le voir et de lui révéler ma stérilité ? Oh ! la bague, j'allais oublier... Mais ne t'inquiète pas, ce n'est pas comme si nous étions vraiment fiancés, donc il n'y a aucune chance qu'il te déshérite !

Elle arracha la bague de son doigt et la jeta à terre.

— Me déshériter ? jeta Ivo sans comprendre.

— Oui, tu peux lui avouer maintenant que nous n'avons jamais voulu nous marier, donc le problème de l'héritage est résolu.

Mais pas celui d'avoir à vivre toute une vie de regrets, songea Flora. Comment allait-elle réparer son cœur en miettes ?

Elle avait l'air si fragile, là, devant lui, qu'Ivo aurait voulu se précipiter vers elle, la prendre dans ses bras. Si seulement il lui avait parlé la veille, alors qu'elle était en état de l'écouter ! Mais non, il s'était tu, soudain paniqué, paralysé par l'intensité des sentiments qu'il se découvrait pour elle. C'était pour cela qu'il avait ressenti sa peine plus encore que la sienne propre.

Si seulement il pouvait revenir en arrière !

Si seulement il ne lui avait pas caché l'état de Salvatore... Mais peut-être n'était-il pas trop tard...

— Je ne lui dirai rien de tel, Flora.

Flora écarquilla les yeux.

— Pourquoi pas ? Tu veux que je confirme par écrit que je ne t'épouserai pas ?

— Non, je ne le dirai pas car ce serait faux.

Les larmes qui tremblaient au bord de ses cils et troublaient le bleu pur de ses yeux signèrent sa défaite.

— *Cara mia*...

— Ne t'approche pas, Ivo, laisse-moi partir, gémit-elle.

— Je ne dirai rien à grand-père car, pour commencer, il a vraisemblablement oublié ce qu'il t'a déclaré.

— Comment cela, oublié ?

— Mon grand-père a la maladie d'Alzheimer, Flora.

L'horreur se peignit sur son doux visage alors qu'elle enregistrait ses paroles.

— Il n'a jamais été un homme gentil, reprit Ivo, il

est impitoyable et étranger à toute forme d'empathie, mais il reste mon grand-père et, quand j'étais petit, il m'a aidé à sortir d'une très mauvaise passe.

— Lorsque ton père...

Ivo hocha la tête.

— Maintenant, c'est à lui d'être dans une mauvaise passe. Il sait qu'il diminue et qu'on ne peut rien y faire. Il oublie, essaie de le cacher, il ne voudrait surtout pas susciter la pitié. Actuellement, la maladie s'oriente vers une forme de paranoïa. Il craint les complots... Je sais que j'aurais dû te prévenir. En tout cas, il n'y a aucune chance qu'il me déshérite car il m'a donné pouvoir de tutelle il y a quelque temps, justement pour éviter ce genre de choses. L'héritage de Jamie est sauf, assura-t-il en tournant son regard vers le bébé.

Flora était encore sous le choc. Cette révélation expliquait tout.

— Je suis navrée de ce qui arrive à ton grand-père. Est-ce que je peux dire ou faire quoi que ce soit pour lui rendre les choses plus faciles ? Pour te les rendre plus faciles, à toi ?

— Tu es la bonté même, Flora... Mais il aura oublié ce qu'il t'a dit quand tu le reverras.

Elle soupira, et ferma l'une de ses valises.

— Tu ne pars pas ! gronda Ivo.

Elle s'approcha et posa la main sur son bras.

— Ce n'est pas que je veuille partir, crois-moi, mais j'ai besoin de plus que ce que tu m'offres. Je t'aime et... ce n'est pas réciproque, continua-t-elle avec courage. Je ne t'en veux pas, je ne peux que comprendre, vu mon... état.

Elle porta instinctivement la main à son ventre.

— Tu as tant à donner à un enfant, ajouta Flora, et je ne parle pas d'héritage, mais d'amour. Il faut que tu aies des enfants, et je ne veux pas te priver de cela.

— J'espère que tu as terminé, répliqua Ivo d'un ton sans appel, car j'ai des choses à te dire, moi aussi. Premièrement, j'ai toujours su que tu ne pouvais pas avoir d'enfant. Salvatore me l'avait dit… Quant à avoir un héritier, j'en ai déjà un.

Il prit les mains glacées de Flora entre les siennes et regarda le bébé qui agitait ses petites jambes dans son couffin.

— Il me faut un fils et Jamie a besoin d'un père. Je l'adopterai dès que nous serons mariés.

— Je ferais tout pour Jamie, répondit-elle d'une voix étranglée, sauf t'épouser.

— Ce n'est pas ce que je veux non plus. Je te demande de m'épouser pour moi-même.

Il porta ses mains captives à sa poitrine et les pressa sur son cœur pour qu'elle puisse sentir vibrer son énergie.

Flora plongea ses yeux dans les siens et, l'espace d'un instant, oublia de respirer.

Vivait-elle un rêve ou était-ce bien réel ?

— Toute ma vie, j'ai considéré l'amour comme une faiblesse dont il fallait se garder, reprenait Ivo avec une grimace de dégoût pour lui-même. À mes propres yeux, j'étais l'homme fort, et les autres des imbéciles. C'était l'exact contraire. J'étais non seulement faible, mais effrayé. Tu me l'as appris, Flora, et tu as tant d'autres choses à m'apprendre ! Te rencontrer a changé ma vie. Tu m'as libéré et je t'offre toute une vie d'amour, *cara*. Mon cœur est à toi.

Avant même qu'il ait terminé, les pleurs coulaient sur les joues de Flora.

— Je t'aime tant, Ivo... De toute mon âme...

Un lent sourire s'épanouit sur son visage, qui gonfla le cœur de Flora.

— Dans ce cas, tu m'épouseras, *cara*.

— Quand cela ?

— Tous les jours de ma vie... Mais dès demain, pour commencer.

Ils avaient tout fait plus vite que tout le monde, et Ivo ne voyait aucune raison de s'arrêter en si bon chemin.

— Demain ? Cela ne ferait pas très bonne impression sur ta belle-mère...

— Disons dans une semaine, alors.

— Un mois.

Les yeux brillants, il hocha la tête.

— Marché conclu !

Flora lui tendit la main. Il la prit, mais pour mieux l'attirer à lui et la serrer dans ses bras.

— Par un baiser, pas une poignée de main !

Soupirant de bonheur, Flora entrouvrit les lèvres.

Épilogue

La porte qui s'ouvrit tira Flora d'un demi-sommeil.

— Bonjour, mes chéris...

Tout sourirse, elle se redressa sur son lit pour accueillir Jamie dont les cheveux noirs étaient soigneusement peignés, les chaussures cirées, et qui tenait dans une main potelée un joli bouquet rond, l'autre étant enfouie dans celle de son père.

— Tu es venu voir ta nouvelle petite sœur ? demanda Flora.

— Non, répondit Jamie dont les yeux, cependant, fixaient le berceau à côté du lit. Je suis venu te voir, *mama*, parce que tu es ma préférée.

Le regard de Flora, rieur, se tourna vers son mari.

— Merci, mon chéri, tu es aussi celui que je préfère.

— Je sais, répliqua le petit bonhomme d'un air satisfait, avant de reprendre dans un murmure : Mais on ne va pas lui dire... Ça ne serait pas gentil pour ma petite sœur et je veux être toujours gentil avec elle.

— C'est bien, ça ! Parle-moi un peu de ta journée et ensuite on verra si tu peux tenir ta petite sœur dans tes bras.

— J'ai aidé *nanny* Emily à ramasser les jouets car

elle est super vieille. Au moins trente ans ! dit-il en levant les yeux vers son père pour confirmation. Et *nana* Grace m'a raconté une histoire sur ma maman Sami. Elle m'a dit que, quand elle était née, elle avait plein de boucles toutes dorées. Est-ce que Samantha a aussi des boucles ?

Il se glissa vers le berceau, curieux de découvrir ce qu'il contenait.

— Oui, tout pareil que Sami, répondit Flora, la gorge nouée par l'émotion, les yeux dans ceux d'Ivo qui lui sourit tendrement.

Lui aussi, tout comme elle, se rappelait l'instant où leur petite fille, leur grand miracle, était venue au monde.

— Mais elle est rousse, précisa Flora. Regarde toi-même.

Ivo souleva Jamie pour qu'il puisse voir le bébé endormi.

— Alors ?

— Ça va, elle est pas mal. Mais drôlement petite. J'espère qu'elle va grandir.

Ivo contempla en riant sa fille endormie, que Flora, durant les premiers mois de sa conception, avait prise pour un inconvénient gastrique, voire pire. Ivo l'avait accompagnée à son rendez-vous chez le médecin, préparé à se battre pour la santé de celle qui n'était sa femme que depuis deux ans.

Mais quand le médecin leur avait demandé s'ils essayaient d'avoir un enfant, il avait eu la puce à l'oreille. Il avait fallu cependant une échographie pour convaincre Flora.

Ils avaient quitté le cabinet aussi secoués que si le ciel leur était tombé sur la tête. Et peu à peu, l'émerveillement les avait saisis... Ivo aimait à croire que son grand-père avait compris la grande nouvelle mais c'était difficile à dire car Salvatore, alors très diminué, avait besoin d'une aide de tous les instants. Une semaine après l'annonce, il était mort tranquillement dans son sommeil. Mais un monument s'élèverait pour toujours à sa mémoire : ils venaient d'achever la transformation du *castello* en musée, qui serait bientôt accessible à tous.

Eux s'étaient installés dans un lieu plus adapté à la vie de famille, un grand corps de ferme rénové sous la conduite de Flora qui avait à merveille déployé ses talents d'architecte. Leur nouvelle demeure, un vrai paradis, se dressait au milieu des collines toscanes couvertes d'oliviers.

— Est-ce que je peux la réveiller ? demanda Ivo en désignant le bébé.

— Surtout pas ! s'exclama Flora. D'ici à deux semaines nous marcherons comme des zombies privés de sommeil et tu regretteras ces instants de tranquillité, alors profites-en !

— J'ai eu assez de tranquillité pour toute une vie, et assez de solitude. Je veux une vie de famille bruyante et animée !

C'était le programme idéal pour Flora qui ne protesta que pour la forme lorsque son mari souleva le bébé dans ses bras.